KB056895

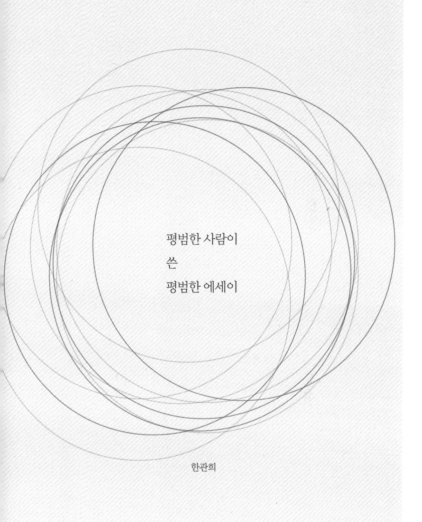

평범한 사람이
쓴
평범한 에세이

한관희

목차

1

2

3

평범한 사람이

쓴

평범한 에세이

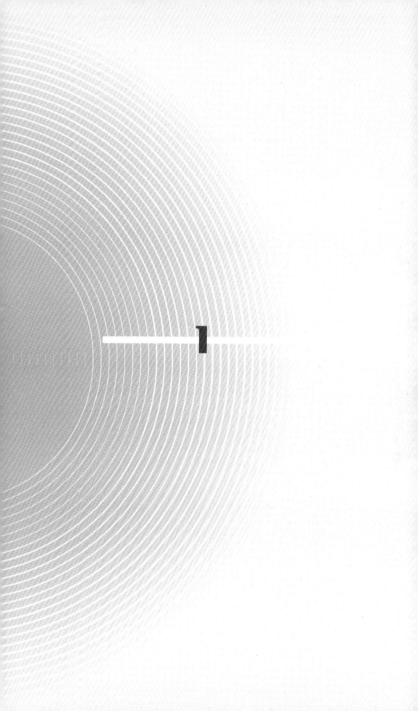

1

경주, 감정의 마지막

이른 아침, 친구에게 전화를 걸었다.

"경주에 가보고 싶어."
"경주 좋지, 그래 가자."

어디론가 훌쩍 떠나고 싶었다. 어디가 좋을까. 해외여행은 돈 문제로 선뜻 마음먹기가 어려웠다. 그렇다고 국내에도 마땅히 가고 싶은 곳은 없었다. 그러다 문득, 예전에 친구가 했던 말이 떠올랐다. '국내에서는 경주가 최고였지, 어렸을 때 갔던 느낌 이랑은 또 다르더라고.'

그때 친구의 이야기를 듣고는 언젠가 다시 한 번 가보고 싶었던 곳, 우린 천년의 역사를 간직한 경주로 향하였다. 나에게 있어 경주는 어릴 적 수학여행으로 한두 번 방문했던 기억만 희미하게 남아 있을 뿐, 낯설고 설레는 느낌을 안겨주는 남쪽 어딘가에 있는 미지의 땅이었다.

출발부터 빗방울이 하나 둘씩 떨어졌다. 침울한 표정으로 추적추적 내리는 빗소리를 들으며 멍하니 창밖만 바라봤다. 그런 나와는 달리 친구는 비올 때 하는 드라이브가 제 맛이라는 둥, 운치 있는 분위기 좀 느껴보라는 둥, 놀이동산에 온 아이 마냥 들떠 있었다. 얼마나 지났을까. 비는 하염없이 쏟아져 내렸다. 시야를 가려버린 빗물, 반복적으로 움직여대는 와이퍼 소리, 차 앞 보닛을 때려대는 빗소리, 모든 것이 거슬렸지만 나는 금세 체념해버렸다.

'그래, 내려라, 전부다 쏟아 버려라.'

시간이 흘러 줄기차게 내리던 비가 그치고, 어느새 산등성이를 넘나드는 먹구름들 사이로 어스름한 해가 조금씩 형태를 드러냈다. 그 모습은 마치 우울함에 휩싸인 채로 누군가를 만날 때면 억지로 웃을 준비를 하던 내 모습과도 같이 느껴졌다. 그리고는 잠시, 먹구름을 헤치고 막 깨어난 샛노란 해가 고개를 불쑥 내밀었다. 그 순간 모든 풍경이 환한 금빛으로 물들었다. 5월 정오의 부드러운 햇살, 말로 형언할 수 없는 그 빛은 산등성이 위로 아련한 무지개를 새겨 넣었다. 우린 동시에 탄성을 내질렀다. 신기루 같으면서도 선명했던, 지금도 두 눈에 아른거리는 무지개였다.

끝나지 않을 듯이 퍼부었던 비도 언젠가는 그치고, 어김없이 찬란한 해가 떠오르기 마련인 걸까.

나는 들뜬 마음으로 휴대폰과 자동차 블루투스를 연결하여 음악을 틀고는 따라 부르기 시작했다. 친구는 가만히 음악 좀 듣자며 투덜댔지만 나는 흥에 겨워 차 안이 내 무대라도 된 듯이 열창했다. 마치 제대로 된 감정기복이 무엇인지 보여주고 싶어 안달이라도 난 사람처럼. 쉴 새 없이 흐르던 나만의 주크박스는 어느 샌가 악동 뮤지션의 '오랜 날 오랜 밤'을 연주해 주었고 오랜만에 듣는 감미로운 선율을 맘껏 음미했다. 그렇게 명곡 나왔다며, 멜로디 진짜 좋지 않느냐며, 너스레를 떨다가 나는 한순간 멈칫했다. 지극히 평범하다 생각했던 노래 가사가 인기척도 없이 내 가슴 깊숙한 곳까지 파고 들어왔음을 느꼈다. 마치 내 마음을 대변이라도 하는 듯, 지쳐있던 심신을 다독여주는 것만 같은 노랫말에 저항할 수 없었다. 끝내 거대한 파도처럼 밀려온 감정을 주체하지 못해 눈시울이 젖어들고 코끝이 시려 왔다.

이별이 남긴 흔적, 그 아물지 않은 딱지가 벌어지는 순간이었다.

'미쳤나… 내가 왜 이러지…' 항상 타인 앞에서 자기관리가 철저했던 나는 처음 겪어 보는 상황에 적잖이 당황했다. 금방이라도 쏟아져 내릴 것만 같은 눈물을 참아내느라 애써 마음을 꾹꾹 눌렀다. 이런 예기치도 못한 상황에서 질질 짜버리면 뭔 쪽일까 싶어 눈물 맺힌 고개를 창밖으로 돌린 채 아무런 소리도 낼 수 없었다. 그렇게 고요한 차 안은 아름답고도 서글픈 멜로디와 가사만이 흘렀다.

이윽고 노래가 끝나자 나는 마음을 붙들어 매고 호흡을 가다듬었다. 그리곤 최대한 티 나지 않게 조용히 혼잣말을 했다. "아, 노래 좋네⋯⋯. " 가느다랗게 힘없이 떨리는 목소리에도 친구는 아무런 기척 없이 운전만 할 뿐이었다.

누구에게나 상처가 있다. 그리고 아물었다고 착각했던 상처, 그 쓰라린 상처가 벌어지는 순간은 반드시 찾아온다.

경주는 친구의 말대로 인상 깊은 곳이었다. 이 작은 도시 곳곳에서 천년의 세월이 간직해온 애잔함과 아름다움을 느낄 수 있었다. '이곳에서도 얼마나 많은 사람들이 사랑을 하고 이별을 했을까' 야간개장을 한 동궁과 월지를 둘러보고 인자하신 할머니가 혼자 운영하시는 어느 식당에서 문어숙회에 소주를 한잔 걸치고 나왔다. 우린 2인용 게스트 하우스를 잡아 내일 일정을 위해 일찌감치 잠자리에 들기로 했다. 하지만 왠지 오늘밤은 쉽사리 잠들 수 없을 것만 같았다. 알 수 없는 여운이 온몸을 휘감고 있었다. 샤워를 끝마친 나는 친구와 가벼운 수다를 주고받으며 친구가 잠들기만을 기다렸다. 그렇게 친구의

코 고는 소리가 새어 나올 쯤, 약속이라도 한 듯 조심스레 이어 폰을 꽂았다.

'오랜 날 오랜 밤'

아직 묵혀있는 마지막 감정을 씻어내고 싶었던 걸까. 어떻게든 그날 밤 그 노래가 다시 듣고 싶었다. 어쩌면 꼭 들어야만 했는지도 모른다. 경주의 조용한 밤, 고요했던 8평 남짓한 공간은 내 방처럼 아늑했다. 오로지 나 혼자만의 공간이었다. 아름다운 음악에 몸을 맡긴 채 멍하니 누워 천장을 바라봤다. 눈앞이 흐려지는 동시에 뜨거운 눈물이 흘러내렸다. 나는 이불을 머리 끝까지 덮어쓴 채로 흐느꼈다. 내가 안고 있던 모든 짐들을 덜어 내려는 듯이, 곪아있던 모든 상처를 치유하려는 듯이, 시원하게 눈물을 쏟아냈다. 그것은 사랑을 떠나보내는 눈물이자, 또 다른 나를 맞이하는 눈물이었다.

사람은 감당하지 못할 것 같은 두려움을 느끼면서도 결정을 내려야만 하는 수많은 시간들을 마주친다. 그 순간들 중 하나가 이별이다. 미친 듯이 타올랐다 식어버린 사랑, 지긋하게 질질 끌어가다 끝내는 떠나보내는 사랑, 시작도 끝도 평범하다 못해 무덤덤한 사랑. 여러 종류의 사랑들이 끝내는 이별을 맞이한다. 나의 사랑은 나의 선택과 함께 저물었고 나 또한 이별을 맞이했다.

나에게 있어 사랑과 이별이란, 한 사람과 함께한 모든 순간들이 내 안에 스며드는 과정이다.

　사랑과 이별을 경험한 사람의 눈과 심장, 그리고 몸짓 하나하나에는 사랑했던 한 사람이 새겨진다. 둘만이 느껴왔던 감정과 시간들, 그것들이 창조해낸 또 다른 세계, 그 신비로운 세계 안에서 서로가 사랑을 했다는 애틋한 흔적들이 고스란히 남겨진다.

　아무렇지 않은 듯이 삶을 살아가고 있는 지금 이 순간에도 수많은 사람들이 사랑의 기억들과 재회한다. 자신도 모르는 사이 과거에 존재했던 세계로 회귀하여 과거가 된 시간을 마주보게 된다. 그리곤 복잡하고도 알 수 없는 눈물들을 쏟아낸다. 언젠가 그 눈물을 더 이상 흘리지 않을 때까지, 가벼운 미소와 함께 담아낼 순간을 맞이할 때까지, 사람들은 기다리고 참아내며 힘겨운 시간을 보낸다.

　과거는 인내의 시간을 거쳐야만 추억이 된다. 사랑과 이별에 관한 오랜 시간들, 그 모든 감정들이 소멸되는 순간, 과거는 소중한 추억이 되어 한 사람의 가슴 안에 자리 잡는다.

　'사랑의 추억'은 그렇게 만들어진다.

흔적

    여자 친구를 집에 바래다주는 길이었다. 그녀는 근처 대형병원 화장실을 이용하기 위해 자리를 비웠고 나는 멀뚱멀뚱 스마트폰을 만지작거리며 밖에서 대기 중이었다. 그때 마침 내 시야에 어떤 한 여자도 누군가를 기다리고 있는 듯이 보였다. 잠시 후 그 여자가 기다리던 누군가가 모습을 드러냈다. 멋진 외제차를 타고 등장한 남자였다. 그 남자는 차에서 내려 웃는 얼굴로 몇 마디를 나누고는 여자를 태워 그대로 사라져버렸다. 마치 백마 탄 왕자님처럼. 나는 여자 친구와 함께 멍하니 그 모습을 바라보며 한숨을 푹 내쉬었다.

"저 여자는 좋겠네, 남자친구가 외제차 몰고 와서 멋있게 딱 태워주기도 하고… 난 차도 없는데."

    그러자 여자 친구가 당당한 말투로 말했다.

"난 저런 거 다 필요 없어, 오빠만 있으면 돼."

이것은 과거의 기억이다. 사랑이 남긴 기억의 단편이다. 가끔은 어쩌자고 그런 여자를 놓아버렸을까, 하는 생각도 들지만 후회를 한 적은 없다. 나란 놈이 제정신이 아닐 때가 많아도 이별을 마음먹었을 때만큼은 신중하니까. 이별이 눈앞에 아른거려도 몇 달을 고민하고 고뇌한 끝에 결정을 내리는 성격이니까. 다만 2년이란 긴 시간을 함께 했음에도 불구하고 직접 얼굴을 마주하지 못한 채 헤어졌다는 사실이, 그 미안함이 아직 가슴 한편에 남아있다. 달빛 아래에서 나를 보며 활짝 웃던 미소, 마지막이라고는 전혀 생각치도 못했던 짙은 미소가 잔상으로 남아 사라질 줄 모르는 것은 어쩌면 당당히 이별을 마주보지 못했던 겁쟁이에게 주어진 벌일지도 모른다.

'사랑과 이별, 시간은 서서히 그들을 데려갔다. 이제는 먼발치에서 그들이 남긴 흔적을 의연한 태도로 바라본다.'

어느새 모든 것이 오랜 날이 되어 버렸구나, 하고 새삼 실감한다. 지금도 '오랜 날 오랜 밤'을 들으면 아련한 감정이 깨어나 울컥할 때가 있다. 나이 탓이려니 하고 애써 웃어넘기려 해도 그 시절의 추억들이 하나둘씩 아지랑이처럼 피어난다. 그렇다고 힘들거나 괴롭진 않다. 그저 '오랜 날 오랜 밤'의 가사처럼 내 안에 남아있는 흔적들이 소중할 뿐이다.

사랑은 소멸할지 몰라도 추억은 소멸하지 않는다.

내 자신이 되었든, 상대방이 되었든, 어떤 한 시절이 되었든,

추억이란 내가 사랑했던 만큼,

내 가슴 속에 따뜻한 흔적을 남긴다.

사랑의 기억

이별이 다가올 것을 직감하면서도
당당히 마주보지 못하는 두려움.

보내야만 하는 사랑을
어쩌면 이미 소멸해 버린 사랑을
끝내 가슴 한편에 새기려고 하는 욕심.

시작도 끝도 아름다웠기를 바라는
사랑의 기억,
그곳엔 슬픔이 서려있다.

4월 이야기

  설렘을 타고 온 봄이 오감을 자극하면 나는 마치 새로 태어난 것만 같다.

  매년 벚꽃이 필 때쯤이면 어김없이 <4월 이야기>라는 영화를 감상한다. 봄이란 계절이 선사하는 따스한 햇살과 화사한 벚꽃, 왠지 모를 설렘 같은 감정들… 이 영화는 단지 '봄과 관련된 영화 중 한 작품' 정도로 치부되는 경향도 있지만 개인적으로는 손에 꼽는 '멜로 영화'이다. 계절에 관계없이 울적하거나 마음이 무미건조할 때, 혹은 사랑이란 감정이 그리울 때마다 <4월 이야기>를 찾게 되는데 그때마다 이 영화는 나에게 한 줌의 따뜻한 위로를 건네준다.

  '홋카이도에 살던 니레노 우츠키(마츠 다카코)는 대학 진학을 위해 도쿄로 향하는 기차에 몸을 싣는다. 이윽고 새로운 생활이 시작될 도쿄 자취방에 도착한 우츠키는 짐들을 잠시 옆으로 밀어 넣고 창문을 연다. 화사한 햇살이 들어오는 작은 다

다미 방. 그곳에 살포시 앉아 봄바람을 느낀다. 그리고는 부드럽고 나른한 봄바람에 취한 듯 스르르 옆으로 누워 본다.'

봄을 맞이하는 일종의 의식과도 같은 주인공의 자세, 그 모습이 OST와 어우러져 영화의 시작을, 그리고 봄의 시작을 알린다. 이후, 4월의 벚꽃이 흩날리는 도쿄의 거리가 등장하면서 영화는 온통 봄빛으로 물든다. 결혼하는 새 신부, 새 학년을 맞이한 어린이 등 모든 것이 봄의 일부가 되고 하나의 풍경이 되어 조화롭게 펼쳐진다. 이삿짐센터 직원, 이웃집 여자, 대학 캠퍼스에서 만나는 친구들. 67분의 짧은 러닝타임에도 불구하고 등장하는 수많은 조연들마저 주인공을 맞이하는 봄과 같다. 봄이 사계절의 시작을 의미하듯이 낯선 환경과 새로운 만남은 삶의 또 다른 시작을 의미한다. 그 안에서 주인공 우츠키는 사랑을 찾아 나선다.

사실 우츠키가 도쿄로 상경한 이유는 단 하나. 짝사랑하던 선배가 도쿄의 무사시노라는 서점에서 일하고 있다는 소식을 듣고는 6개월 간 열심히 공부하여 서점이 위치한 근처 대학에 합격한 것이다. 그리고 선배를 보기 위해 매일 서점을 들르면서 드디어 사랑이 시작되는가 싶은데… 뜬금없이 엔딩 크레딧이 올라오면서 영화는 막을 내린다. 뒤통수를 세차게 얻어맞은 기분이다. 처음 이 영화를 접했을 땐 '뭐 이런 허무맹랑한 영화가 다 있나'하고 좋아하던 감독 이와이 슌지에 대한 실망감을 감출 수 없었다. 헌데 그렇게 한 해가 지나 또 다른 봄이 찾아 올 때마다 이상하게도 나는 <4월 이야기>가 보고 싶어졌다. 나도 모르는 사이에 마지막 10분 남짓한 장면이 어떠한 멜로 영화의 클라이맥스보다 내 가슴 속에 깊이 새겨졌기 때문일까.

서점에 사고 싶은 책도 없으면서 책을 고르는 척 서성이던 모습.

짝사랑하는 선배가 자신을 어렴풋이나마 알아봐주어 환하게 미소 짓던 모습.

선배와 조우했다는 사실 하나만으로도 억수같이 쏟아지는 빗속을 날아갈 듯 뛰어가던 모습.

설렘의 감정을 대사와 표정 하나하나에 실어 섬세하게 표현한 연출, 그리고 그것을 소화해내는 마츠 다카코의 수줍은 연기가 나의 뇌리 안에서 영원할 듯이 지금도 흐르고 있다.

매번 영화를 볼 때마다 나는 주인공 우츠키가 된다. 잊고 있던 나의 과거로 돌아가 설렘의 추억 속에 풍덩 빠져들기도 하고, 현실로 돌아올 때면 잔잔한 여운을 가능한 한 오래 간직하려 한다.

우유부단하고 내성적인 성격의 우츠키는 자취방 크기에 비해 짐이 너무 많다며 멋대로 짐을 빼는 이삿짐센터 직원에게도 자신의 의견을 표출하지 못하고, 친구에게 이끌려 관심도 없는 낚시 동아리에 가입하고, 상대방에 대한 배려로 인해 전화통화조차 먼저 쉽사리 끊지 못한다. 그렇지만 사랑에 대해서만큼은 누구보다 용감하고 진지하다. 비 내리는 빨간 우산 아래 싱그러운 미소를 띤 우츠키는 말한다.

"선배, 아직도 밴드 하고 있나요?"
"아니, 근데 어떻게 알았어?"
"선배 유명했으니까요."
"거짓말."
"저에게만은…… ."

빨간 우산을 고른 우츠키를 보고 왠지 네가 그 우산을 고를 줄 알았다고 말하는 선배. 그 한마디에 고장 난 우산임에도 불구하고 이 우산이 마음에 든다고 말하는 우츠키. 빨간 우산 속의 싱그러운 그녀의 모습이 감미로운 음악과 함께 아른거린다.

만약 흐지부지하게 끝나는 이 영화의 다음 스토리가 전개되었다면 어땠을까. 나는 아직도 사랑의 밝은 면만을 보고 싶어 하는 한낱 애송이지만 해피엔딩으로 끝나는 진부한 동화 같은 이야기엔 충분히 지쳐버렸다. 그래서인지도 모른다. 어떤 조건도 배제한 두 사람이 나와서 아무런 결말도 내지 않은 이 스토리가 그토록 마음에 드는 것이.

그리고 어쩌면 나는 우츠키가 되고 싶은 마음에 매번 <4월 이야기>를 찾아보는 걸지도 모른다. 사랑이란 감정에 솔직한 그녀가 멋있어서, 열정적으로 사랑을 대하는 그녀의 태도가 부러워서, 사랑이라고 확신하는 그녀의 순수함이 아름다워서.

사랑이라는 감정의 본질을 무겁거나 과하지 않게, 하지만 잔 잔하고 짙은 수채화처럼 표현한 4월 이야기. 나에게 있어 이보 다 더 좋은 멜로 영화가 있을까.

오늘도 봄

어둡고 조그마한 방에서 글을 쓰고 있으면
굳게 닫힌 창문을 가리는 얇은 커튼 위로 햇살이 들어온다.

창밖에 해가 떠올랐다는 사실 이외에는 알지 못하지만
오늘도 왠지 봄이 온 것만 같다.

일, 만남, 사랑, 이별. 탄생한 모든 것들은 소멸한다.
하지만 소멸한 모든 것들에도 봄은 찾아오기에
설레는 맘으로 또 다른 봄을 맞이하고 다시금 행복을 느낀다.

시작은 존재해도 끝은 존재하지 않는다.
내가 맞이하게 될 마지막은 또 다른 시작이다.

계절에 관계없이 오늘도 봄과 함께 시작한다.
그렇게 봄은 언제나 내 마음 안에 있다.

LP 한정판

'한정'이라는 단어는 인간의 소유욕을 자극한다. 즉 '한정'되어 있다는 것은 누구나 다 가질 수 없다는 의미이기에 '한정'된 무언가를 획득했다는 자체로 우린 만족감을 느낄 수 있다. 하지만 한정된 무언가를 소유한다는 사실은 많은 단점을 불러온다. 상대방은 없지만 나는 가지고 있다는 비교의식에 사로잡히기도 하고, 남들이 가치 있다고 여기는 것이 나에게도 가치 있을 것이라는 착각을 들게끔 한다. 결국은 한정된 존재의 본질보다는 그 외관이 뿜어내는 형태에 매료되곤 한다. 마치 '나란 인간은 어떤 존재인가'보다 '나란 인간은 어떻게 비춰지는 존재인가'가 더 중요하게 여겨지는 것처럼.

2년 전부터 레코드판(바이닐, 비닐, LP)을 모으기 시작해 지금은 내 방 책장에 꽤 많은 음반이 모였다. 사실 얼마 전까지만 해도 레코드판은 구경하기 어려운 물건 중 하나였다. 나 또한 내가 처음 구입한 레코드판이 태어나서 처음 본 레코드판이었다. 그런데 언제부터인가 복고의 바람이 불어 오래된 음악은 물론 요즘 시대의 음악들도 레코드판으로 출시되고 있다. 옛 추억의 감성을 되살리고자 하는 이들의 염원이 통한 건지, 아니면 지금은 접하기 힘든 아날로그라는 희소성의 가치로 인해 주목받는 건지.

'이소라 베스트 LP, 800장 퍼플 한정판, 예약 판매 중'

처음 레코드판을 구입한 계기는 충동적이었다. 그저 평소대로 책을 구입하기 위해 인터넷 서점을 방문했는데 메인 화면에 뜬 저 문구가 나의 눈길을 사로잡은 것이다. '이소라 누님의 상징인 보라색 LP라니, 그것도 800장 한정반이라니!!!' 저건 무조건 사야 한다는 생각을 떨쳐 낼 수 없었다. 그러자 불쑥 나의 마음 한쪽이 비아냥거렸다. '너 지금 백수잖아, 돈이 남아돌아? 만약 저 LP를 사버리면 넌 다음 달은 물론 그 다음 달까지 책을 살 수 없어. 그리고 결정적으로 넌 저 LP를 들을 수 없어. 턴테이블이 없잖아.' 그러자 다른 한쪽이 반박했다. '잘 생각해 봐. 무려 800장 한정반이라고. 시간이 지나면 되팔 수도 있겠지. 나중에 그 돈으로 책 10권은 구매할 수 있을지도 몰라. 턴테이블은 나중에 사면 그만이야.'

사실대로 말하자면 잠깐 고민했을 뿐 귀신에 홀린 듯이 한정판 LP를 구매해 버렸다. 얼마 후 LP가 도착했고 설레는 마음으로 조심스레 꺼내 보았다. 키야… 눈부신 보랏빛 자태가 얼마나 영롱하던지 절로 미소가 나왔다. 그렇게 방 한쪽 눈에 띄는 곳에 모셔두고는 매번 먼지를 걷어내며 애지중지하던 나날을 보냈다.

　하지만 모든 것에는 권태라는 것이 존재하기 마련. 어느 날인가 방 청소를 하다 먼지가 내려앉은 LP를 닦으며 생각했다. '내가 이걸 왜 샀을까, 듣지도 못하고 매번 먼지만 털어내는 걸, 한정판이라는 소리에 낚인 거지' 한 푼 두 푼 아끼느라 집 밖으로 잘 나가지도 않던 시절이었다. 나에겐 거금이었던 4만 원을 들여 산 레코드판은 실용성이라고는 1도 찾아 볼 수 없는 애물단지였다. 크기는 큼지막한 내 얼굴보다도 커서 놔둘 곳도 마땅치 않은 그놈을 볼 때 마다 슬슬 짜증이 올라왔다. 결국 최대한 내 눈에 띄지 않길 바라며 나는 LP를 과감히 책장 위로 던져버리고는 잊고 살기로 했다.

　시간이 흘러 다행히도 새로운 직장을 구하게 되었다. 그리고 여느 때와 다름없이 출퇴근길에는 항상 음악을 들었다. 스마트폰에 마구잡이로 집어넣은 음악들을 감상하던 어느 겨울날, 우연치 않게 플레이 리스트 끝자락에 있던 이소라의 '고백'이 흘러 나왔다. 감미로운 바이올린 선율, 심장을 울리는 콘트라베이스 리듬과 함께 시작되는 이소라의 목소리는 황홀 그 자체였다. 나는 지하철 안에서 두 눈을 감고 나만의 세계에 빠져들었다. 4분이라는 짧은 시간이 추운 겨울 차갑게 얼어붙어 있던 내 마음을 녹여주었다.

음악이 끝난 후 나는 기존의 플레이 리스트를 싹 다 지운 후 이소라의 음악으로 가득 채웠다. 그리곤 오랜만에 내 앞에 차려진 그 황홀함을 마음껏 음미했다. 그러자 잊고 지냈던, 책장 위에서 무거운 먼지를 수북이 쌓아 올렸을 LP가 불현듯 떠올랐다. 나는 집에 도착하자마자 책장 꼭대기에 올려 두었던 레코드 재킷의 묵은 먼지를 벗겨냈다.

한정되어 있다는 것, 그리고 특별해 보인다는 것은 중요하다. 800장 한정이라는 수량과 레코드판의 색깔, 혹은 순금이나 다이아몬드 같은 물질들 역시 중요하며 가치가 있을지도 모른다. 하지만 이런 것들만이 가치를 지니는 걸까. 한정되어 있는 무언가를 소유하게 되면 특별해진 기분이지만 정작 중요한 것은 껍데기가 아닌 본질에 있다는 것을 깨닫지 못하면 모든 것은 무의미하지 않을까. 한정판이라는 의미보다 이소라의 음악 그 자체가 내게 특별한 것처럼 말이다.

물과 공기, 빛과 소금 그리고 삶의 가치는 쉽게 잊혀지곤 한다. 오히려 남들보다 좋은 학교를 졸업해서 좋은 직장을 다니고, 남들보다 돈이 많고, 혹은 남들보다 유명해지는 행위들에 우선적인 가치를 두려한다. 하지만 특별하다는 가치 판단을 타인이 부여해 주는 세상에서 그런 빼어난 가치들이 언제까지 위대함을 유지해 나갈 수 있을까. 정녕 중요한 가치는 나란 인간의 본질 자체에 있지 않을까. '나는 인간적인 존재인지, 누군

가에게 감동을 줄 수 있는 사람인지, 내 자신 스스로 부끄럽지 않게 삶을 살아가고 있는지.'

진정한 가치는 자신의 본질과 그 본질의 향상을 추구하려는 마음에 있는 것 아닐까.

우린 사소해 보이는 모든 가치들을 지나친다. 하지만 이 지구상에 존재하는 모든 것들은 가치를 지닐 수 있다. 지극히 평범하고 사소한 것들에 나만의 가치를 부여할 때, 그것들과 내 자신이 감정적으로 유대감을 맺을 때, 비로소 특별해지고 그 가치가 빛을 발하게 된다. 마치 나의 감성과 이소라의 음악처럼.

여담이지만, 이소라 님의 베스트 LP에는 '고백'이 빠져 있어서 슬프네요.

재밌는 이야기

"내가 재밌는 이야기 하나 해줄까? 예전에 나 중학생 때 일인데, 내 방 구석에 조그마한 뭔가가 떨어져 있었어. 매끄럽고 살짝 살구 빛을 띠는 무언가. 크기는 한 좁쌀의 두 배 정도 되었을 거야. 근데 이게 뭐지, 하고 가까이 들여다봐도 영 모르겠는 거야. 나는 콩의 한 종류인가 보다 하고 그냥 넘어갔지. 너네도 알다시피 우리 어머니가 채소가게를 하셨잖아. 그래서 정월대보름이면 콩을 담아 파셨거든.

어느 날은 그 콩인지 뭔지도 모르는 게 내 책상 위에도 있더라고. 엥 이게 여기도 있네. 조금 만지작거려도 보고 손바닥 위에 올려도 보다가 금방 흥미를 잃고 쓰레기통에 던져 버렸지. 그런데 날이 갈수록 그 콩의 수가 점점 늘어나더라고. 지저분하니까 치워야겠다는 생각이 들어서 그 콩들을 하나하나 다 모았어. 한 여섯 일곱 개쯤 모았을 거야. 이걸로 공기놀이도 할 수 있지 않을까, 하고 생각도 했었지."

"그래서 그게 뭔데, 콩이야? 팥이야?"

"아 가만히 좀 있어봐. 그 콩들을 모아서 버리려고 했는데, 자꾸 보니까 아무래도 콩은 아닌 거야. 그래서 하나를 손가락으로 지그시 눌러봤어. 툭하고 터지더라고. 아… 역시 콩은 아니었던 거지. 나중에는 그것들을 모아서 쓰레기통에 버리는 것도 귀찮아지더라."

"아 그래서 그게 뭐였는데?"

"바퀴벌레 알."

"미친…"

"쓰레기통 안에 온통 알을 까고 나온 새끼 바퀴벌레들로 바글바글."

중학교 시절, 나는 바퀴벌레와 동고동락했다. 물론 어쩔 수 없이 살생도 했지만. 그럼에도 불구하고 같이 사는 동료의 자식을 알아보는 데 오랜 시간이 걸렸다. 어느 날인가, 여느 때와 다름없이 휴지를 돌돌 말아 나의 동료를 짓눌렀다. 그런데 그 순간 그의 뒤꽁무니에서 내가 가지고 놀던 것과 같은 살구 빛 콩이 쏙하고 빠져나왔다. 그 사건은 어린 나에게 적잖은 충격을 안겨주었다. 그 이후로는 살구 빛 콩이 보이는 즉시 휴지로 집어서 변기에 던지고는 물을 내려버렸다. 친숙하지만 절대

친해질 수 없는 나의 동료여. 미안.

  즐거움이라는 요소를 간직한 이야기들이 있다. 때로는 전혀 즐겁지 않은 이야기도 분위기를 즐겁게 만들곤 한다. 예를 들면 무서운 이야기나 혐오스러운 이야기, 또는 지저분한 이야기도 그에 해당된다. 내가 철이 덜 든 건지는 몰라도 아이들이 똥이나 귀신 이야기를 좋아하듯이 나도 보편적이지 않은 이야기들을 좋아한다.

  즐거움의 요소가 한 스푼도 들어 있지 않은 이런 이야기들이 재미있는 이유가 뭘까. 심리학적으로 여러 연관성이 있겠지만 나는 단지 좋아하는 사람들과 거리낌 없이 소통하고 함께 보내는 시간 자체에 만족감을 느끼는 것 같다. 놀란 토끼 눈을 한 친구들을 구경하는 것이 나만의 감상 포인트이다. 긴장감으로 찌든 사회에서 벗어나 동심으로 돌아갈 때면 황홀한 시간이 영원히 멈춘 것만 같은 기분마저 든다.

  무언가 이야기를 나눌 때 좋아하는 사람들의 얼굴을 주의 깊게 들여다보는 습관이 있다. 최대한 티 안 나게. 한 사람의 웃는 모습이나 찡그리는 모습, 한 개인이 가지고 있는 그 특유의 표정을 보는 것은 즐거운 일이다.

  특히 방긋 웃는 얼굴. 사람은 축 처지고 우울한 모든 것들에 웃음이라는 제동을 억지로라도 걸다보면 자연스레 웃는 법을 터득하고 밝아지기 마련이다. 자주 웃는 사람의 얼굴은 환한 빛을 담고 있다고나 할까. 못생겼다고 생각되는 얼굴, 험상궂은 인상을 가진 얼굴이라도 진심으로 밝게 미소 지을 때만큼은 아름답다. 그래서 항상 생각한다. 모든 즐거움은 가벼운 웃음으로부터 시작되는 게 아닐까 하고. 그렇게 웃는 모습을 마음속에 간직해 두면 그 사람의 이름만 들어도 천진난만하게 활짝 웃는 모습이 떠올라 기분이 좋아지곤 하니까.

그렇다면 찡그리는 모습은 어떠한가. 그 모습 또한 사랑스럽다. 특히 눈살을 찌푸리며 이를 악물고 기묘한 이야기에 집중하는 얼굴들을 하나하나 보고 있으면 얼마나 귀여운지. 나는 그 표정들도 두 눈에 고이 저장해 둔다. 그렇게 웃고 찡긋하는 표정들 속에는 때 묻지 않은 동심이 살아 숨 쉬고 있다.

아무리 나이를 먹는다고 해도 누구에게나 존재하는 순수한 마음, 하나같이 어린아이가 되어 서로가 짓궂은 장난을 주고받는 귀중한 시간들, 그러한 것들의 가치를 알아갈 때 비로소 내가 살아있음을 느낀다.

"자 이제 내 친구 자취방에서 목격한 검은 풍뎅이 떼 이야기를 해줄까?"

맘껏 웃고 찡그리며 즐거운 시간을 갖자. 그래야 세상도 활기차게 돌아간다.

하트 백설기

　야간 근무를 마치고 퇴근한 후 낮잠에 빠져있던 어느 날 누군가가 현관문을 두드렸다. 무의식중에 '오늘 택배 올 것이 있었나?'하고 비몽사몽한 채로 현관문을 열자 젊은 여성 한 분이 쭈볏쭈볏대며 서 있었다. '구원받으라고 설득하기 위해 찾아온 것인가' 짜증이 확 솟구쳤다. 참자, 나는 지성인이니까… 흥분을 가라앉히고 나름대로의 표정관리를 하며 '죄송합니다'하고 문을 닫으려고 하자 여성분이 말을 꺼냈다.

　"1011호에서 왔는데요, 오늘 아기 백일잔치를 해서 떡 좀 드리려고 가져왔어요."

　순간 정신이 깬 나는 "아, 감사합니다, 잘 먹겠습니다"하고 어리둥절하게 인사를 올린 후 흰 봉지를 받아 들었다. 방으로 돌아와 내용물을 꺼내 보니 분홍색 하트모양이 새겨진 희고 네모난 백설기였다. 그것도 두 덩이나. 와… 요즘 세상에 떡 돌리는 사람이 다 있네, 하고 덩그러니 놓인 백설기를 바라보는

데 평범한 떡이 그렇게 예뻐 보이긴 처음이었다. 중앙에 위치한 분홍색 하트모양에 이웃을 향한 자신의 마음을 고스란히 담아 낸 것만 같았다. 먹기가 아까웠지만 만져보니 말랑말랑한 것이 식욕을 자극했다. '어차피 두 덩이나 있으니까' 한 덩이를 집어 한 입 크게 베어 물자, 달콤함에 잠이 확 달아났다. 그렇게 엎드려서 오물오물 떡을 먹으며 기분 좋게 책을 읽어나갔다.

저녁에 일을 끝마치고 오신 어머니에게 백설기를 내밀며 이웃집 새댁에게 받은 떡이라고 알려주었다.

"떡도 예쁘고 이웃집 새댁의 마음씨도 예쁘네."
"나도 본받아야겠어, 각박해져만 가는 세상일수록 작은 정이라도 나누고 살아야지."
"그래, 좀 본받아서 결혼도 하고, 아기도 낳고, 그 다음에 이웃집에 떡 돌리면 되겠네."
"하……. 어머니, 적당히 좀 하시죠."

떡이 정말 예쁘고 맛있었습니다. 그날 자다 일어난 제 머리가 번개 맞은 폭주족 머리여서 적잖이 놀라셨을 이웃에게 정중히 사과드리고 소소한 행복이 담긴 하루를 선사해 주셨음에 감사드립니다.

자식의 존재란?

　이제는 나도 어엿한 성인이 되었고 부모님도 제법 나이를 드셨다. 조금씩 자식에게 의지하려는 건지, 가끔은 두 분이 어린아이처럼 행동하실 때도 있는데 '왜들 저러시나' 생각하면서도 귀여울 때가 많다.

　예를 들면 엄마는 멀쩡한 핸드폰 케이스가 너무 구식이라 (그것도 최신이거든요, 산 지 얼마 안됐잖아요) 더 이상 시대에 뒤떨어져 못 쓰겠다며 새 것으로 사달라고 조르신다. 또는 회사에 출근하기 전 항상 자신의 패션이 어떠한지 평가 받기를 원하시는데 매번 꼼꼼히 체크해주면서 "우리 엄마는 미모가 워낙 뛰어나서 다 잘 어울리지"하면 기분 좋게 싱긋 웃으시다가도 대답이 조금이라도 무성의하다 싶으면 "이래서 딸내미가 있어야해, 아들놈 키워봤자 다 소용없어"라고 툴툴거리신다. 그리곤 퇴근할 때면 새까맣게 잊으셨는지 애정이 담긴 목소리로 "아들~"하고 부르신다.

　아빠는 요즘 들어 애정표현을 서슴없이 하시는 편이다. 매번 전화해서 "아들, 어디야, 언제와, 친구 누구 만났어, 뭐 먹었어"

와 같이 나의 일거수일투족을 알고 싶어 하시고, 스케줄을 미리 파악해서 내 친구들보다도 먼저 나와의 약속을 잡으시려한다.

"오늘 한잔 하는 날이야, 알지?" 언젠가는 나와 저녁 한 끼 먹으며 술 한 잔 걸칠 때가 제일 행복하다고 말씀하셨던 아빠. 예전엔 그렇게나 무뚝뚝하셨던 분이(나는 더 무뚝뚝했지만) 지금은 나와 같이 가고 싶은 곳 리스트를 만들어 놓으신 후, 엄마의 승인(굉장히 중요함)이 떨어지기만을 기다리신다. 그런 모습이 애잔하기까지 하다. 엄마는 가끔 "야, 네 아빠가 너 없을 때 아들 보고 싶다고 얼마나 떼를 쓰는지 아냐? 애가 따로 없어요, 애가"라고 말씀하시는데 나는 엄마에게 거짓말 좀 치지 말라고 하면서도 속으론 그 모습을 상상하며 배시시 웃는다.

2년 전 아빠와 함께 건강검진을 받았다. 나야 물론, 직장가입자에 해당되어 의무적으로 검진을 받아왔지만 아빠는 장사하느라 바빠서 예순이 다 되어 가도록 건강검진 한 번 받지 못했다. 제대로 된 검진 한번 받아야 하지 않겠냐고 물으면, 으레 다른 부모님들이 그러하듯 자신은 항상 건강하다며 검진 따위 필요 없다고 하신다. 아마 큰 병이라도 발견되면 가뜩이나 변변치 않은 살림에 피해를 끼칠까봐 걱정이 되신 모양이다. 그런 마음을 알기에 나는 아빠가 아직도 새파란 젊은이인 줄 아냐며, 작은 병이라도 있으면 일찌감치 발견해서 조기에 치료하는 편이 가족을 위한 길이라고 설득에 나선 끝에 아빠의 동의를 얻어낼 수 있었다.

　아빠를 모시고 화곡동에 위치한 건강검진 센터를 방문하여 나는 여느 때와 다름없이 기본 검진을(아직은 젊으니까), 아빠는 몸 속 구석구석을 스캔하는 대대적인 종합검진을 받았다. 검진 결과, 전문의 선생님들께선 위장과 대장, 전립선에 작은 혹들이 발견되어 떼어 낼 것은 떼어 냈고 남은 것들은 크게 걱정할 수준이 아니라고 하셨다. 헌데 갑상선 쪽에 있는 혹의 크기가 아무래도 암을 의심해 볼 만하다고 우려를 표하셨다. 그 바람에 우리 두 부자는 그늘진 얼굴로 침을 꼴깍 삼킬 수밖에 없었다. 의사 선생님은 갑상선 촬영영상이 담긴 CD를 주셨고 우린 곧장 신촌 세브란스 병원을 찾아갔다.

　"암이네요, 수술 하셔야 합니다."

　결국 아빠는 갑상선 암으로 판명되었다. 기분이 심란했지만 다른 종류의 치명적인 암이 아니었음에 감사했다. 수술 날짜를 잡고 병원을 나오면서 난 아빠의 무거운 마음을 조금이라도 덜어 드리고자 이야기했다.

　"아빠, 걱정할 필요 없어, 요새 갑상선 암은 암도 아니래"
　"에라이 쌍놈아"

수술 당일. 아빠는 이동식 침대에 누워 내게 평온한 미소를 보내고는 수술실로 들어갔다. 다행히도 수술은 무사히 끝났다. 의사 선생님은 갑상선 암이 임파선으로까지 전이되어 어쩔 수 없이 모두 떼어 냈지만 수술은 아주 잘 되었다고 하셨다. 나는 90도로 인사를 드렸다. '의사선생님들께 존경과 사랑을 바칩니다.' 마침 직장이 신촌 부근이어서 병실에서 먹고 자며 병간호를 할 수 있었고 아빠는 점차 회복하여 얼굴도 한층 밝아졌다.

"아빤 좋겠네, 오랜만에 편안히 침대에 누워서 푹~ 쉬고, 효자 아들이 지극정성으로 병간호도 해주고. 엄마는 밖에서 엄청 고생하실 텐데……."
"에라이 못된 놈아, 저리 꺼져"

아빠의 몸이 어느 정도 회복을 마치고 얼마나 지났을까. 방사선 치료가 필요하다 하여 여러 가지 준비물을 챙겨 다시 병원을 방문했다. 방사선 치료란 항암치료와는 달리 암세포가 위치한 부분에만 방사선을 조사하는 나름 간단한 치료법이지만 병실의 분위기는 사뭇 달랐다. 방사능의 위험을 알리는 큼지막한 스티커와 혹시라도 모를 방사능 유출을 막기 위해 이중으로 설치된 문이 묘한 긴장감을 주었다.

"아빠, 이거 엄청 아플지도 몰라, 항암치료라고 들어봤지? 막

머리 빠지고 하는, 그거 비슷한 거야"

"겁주지 마 이놈아, 의사선생님이 안 아프다고 그랬어"

"에잇, 안 속네"

조금 있으면 치료가 시작되니 환자를 제외한 모두가 퇴실해야 한다고 했다. 나는 아빠에게 별일 없을 테니 치료 잘하고 나중에 데리러 오겠다는 말을 남기고선 간호사님과 함께 병실을 나왔다. 그리곤 가벼운 마음으로 그곳을 떠나려 하는데 왜 그리 발걸음이 떨어지질 않던지……. 가벼운 마음과는 달리 몸이 좀처럼 움직이질 않았다.

뒤를 돌아보니 문짝에 조그마한 창문이 보였다. 방사선 병실은 비상상황을 대비해서인지는 몰라도 문에 비행기 창문과 같은 동그란 창문이 설치되어 있었다. 나는 멍하니 창문을 통해 병실 안쪽을 바라봤다. 그러자 불쑥하고 동그란 창문에 환자복을 입은 아빠의 얼굴이 나타났다. 아빠는 나를 향해 해맑은 어린아이처럼 웃으며 세차게 손을 흔들었다. 천진난만함을 가득 담은 미소였다. 나도 그에 보답이라도 하듯 활짝 웃으며 손을 흔들었다. 두꺼운 문을 사이에 두고 서로가 한동안 아무런 말도 없이, 그렇게 손을 흔들며 웃고 있었다. 내가 어서 가서 누우시라고 손짓했지만 아빠는 되려 먼저 들어가라고 손짓하셨다.

내 모습이 사라질 때까지 동그란 창문에 동그란 얼굴을 한가득 담고서 지켜보던 아빠. 그 짙은 모습이 집에 가는 내내 뇌리에서 사라질 생각을 하지 않았다. 저리도 좋으실까. 이제 막 알지도 못하는 치료를 처음 받을 사람치고는 너무 행복해 보였다. 아마도 그때였을 거다. 내가 진지하게 자식이란 존재에 대해 생각해봤던 때가. 자식에 대한 사랑이란 과연 무엇일지, 자식이 있다는 건 그 자체만으로도 행복한 건지에 대해……

사회가 정해주는 결혼 적령기라는 나이에 접어들면 많은 부모들이 결혼과 아기에 대한 이야기를 하게 된다. 진절머리가 날 정도로 듣기 싫고 귀에 못이 박힐 정도로 지겨울지는 몰라도 '우리는 부모의 마음을 조금이나마 이해해 보려고 노력해야 하지 않을까'하는 생각이 든다. 자식이라는 존재 자체가 우리네 부모에게 있어서는 최고의 행복이기에, 우리들 또한 그 행복이 선사하는 감정을 누려봤으면 하는 것이 모든 부모의 마음이지 않을까, 하고 말이다. 매번 잔소리로 여겼던 '언제 결혼해서 아기 가질래'라고 하는 말 속에 숨은 의미를, 그 마음과 사랑을 이제는 조금 알 것 같은 기분이다. 부모의 사랑을 통해 어렴풋이 배워 나가고 있다.

그래도 무엇보다 자식의 생각을 가장 존중해주는 것이 진정한 부모의 사랑이죠. 요즘은 저에게 더 이상의 강요는 안하시고 어떤 방향이든 너만 행복하면 좋겠다고 말씀해주십니다. 부모님, 고맙습니다. 진심인지는 아직 잘 모르겠지만.

치과

요즘 들어 조금만 딱딱한 음식을 씹어도 어금니가 찌릿하고 아픈 것이 이빨이 흔들리는 느낌이다. 어릴 적 극심한 고통을 경험한 이후로 치과라면 벌벌 떠는 사람인지라 벌써부터 걱정이 되기 시작했다. 그 정도가 어느 정도냐 하면 고등학교 시절 대대적인 치아 공사를 할 일이 있었는데 '하느님, 자고 일어나면 저의 치아를 말끔한 상태로 돌려놓아 주소서, 저의 소원을 들어주신다면 아직 경험해 보진 않았지만 군대를 두 번 다녀올 의향이 있습니다.'라며 종교인이 아님에도 불구하고 간절한 기도를 올렸었다. 만약 철없던 고등학생의 바람이 이루어졌다면…… 생각만 해도 아찔하다(아직도 가끔 재입대하는 악몽을 꿉니다).

치과에 대한 공포감이 있는 사람이라면 한 번쯤은 상상해 봤을지도 모른다. 씹기만 하면 충치가 뚝 하고 떨어지는 껌이나 애초에 태어날 때부터 사람의 치아가 금으로 만들어졌다면 얼마나 좋았을까, 하는 어처구니없는 상상. 충치를 없애는 껌은 왠지 실효성이 있어 보여 '다가올 미래에는 누군가가 발명해서 노벨과학상을 받지 않을까'라는 기대를 하기도 했지만 내가 살아있는 동안엔 그런 껌 맛을 보는 호사를 누리긴 힘들 것 같다. 그래도 후세의 아이들을 위해 충치 없애는 껌이 하루 빨리 개발되었으면 한다.

치과 침대에 눕게 되면 누구나 겸손해지기 마련이다. 긴장감으로 인해 몸뚱이는 뻣뻣한 시체처럼 얼어붙게 되고 신경을 건드리는 고통으로 인해 발가락에 쥐가 날정도로 힘을 주게 되는데, 또 막상 치료를 시작하게 되면 어느새 아무 일 없다는 듯이 적응하여 다니게 된다. 치과 치료란 것도 익숙해지면 생각보다 아프지도 무섭지도 않다. 다 큰 어른이 그렇게 호들갑을 떨 일은 아니라는 것이다. 하지만 시간이 지나고 다시 방문할 생각을 하면 좀처럼 몸이 움직이질 않는 것은 왜인지. 아쉽게도 여전히 치과는 공포의 대상이다.

아무튼, 치과를 가야만 한다는 생각에 울상을 지으며 엄마에게 하소연 했더니 엄마가 대뜸 이야기했다.

"너 치아보험 발효되려면 몇 달은 더 있어야해, 그때 치료하는 게 어때?"

"역시 보험회사 FC(Financial Consultant)님 아니랄까봐, 언제 내 앞으로 그런 보험을 들어 놓으셨대?"

"네가 다 동의하고 승인한 거야"

"역시 우리 어머니가 아들 결혼자금을 위해 한 푼이라도 아끼려고 미리 보험을 들어놓으셨군, 감동적이야"
"결혼은 네가 벌고 네가 알아서 가야지"

혹시라도 결혼을 하게 된다면 조금이라도 보태주시겠다던 평소의 약속과는 다른 반응에 흥분하여 '그럼 결혼 안 해'하고는 맞불을 놓았다. 그러자 엄마는 '애인도 하나 못 만드는 게 말은 잘해요, 결혼을 안 하는 게 아니고 못하는 거지'하며 받아쳤다. 그 대답에 기꺼이 이겨보겠다고…….

"나 좋아하는 여자들 줄 서 있거든! 내가 안 만드는 것뿐이거든!"이라고 얼토당토않은 거짓부렁을 내뱉으며 사실상 패배를 인정했다.

어머니, 치아 이야기가 어찌하여 결혼이야기로 번진 건가요. 글을 보니 제가 먼저 이야기를 꺼낸 것 같긴 하네요. 비긴 걸로 하시죠. 여자 친구, 때가 되면 알아서 만들 겁니다. 그때가 언젠지는 모르겠지만 기다려주세요.

치아는 다행히 흔들리는 것이 아니고 충치로 판명 났다. 최근 치과의사 선생님들은 환자의 고통을 경감시키는 데 우선순위를 두고 치료를 해주시기 때문인지 아프진 않았다. 그러니 다들 겁먹지 말고 늦기 전에 치과 가시길.

형보단 캥거루

호주에 살고 있는 친한 형이 있다. 이 형은 성인기의 절반 이상을 호주와 뉴질랜드에서 보낸 탓인지는 몰라도 자신은 여건만 된다면 '외국에서 살고 싶다'라는 의견을 자주 피력했다. 그리고 한 가지 더 당당하게 언급하는 말이 있었는데 자신은 '결혼할 생각이 없다'라는 것이다. 결혼을 주제로 심도 깊은 이야기를 나눌 때면 혼자 심드렁하니 앉아서 "뭔 고민들을 그렇게하냐, 그냥 혼자 살어, 난 편하게 혼자 살 거야"라던가, 가끔은 거창한 연설이라도 하듯 솔로예찬을 펼치는 사람이었다. 그래서 난 확신을 가질 수 있었다. 이 형은 가까운 미래에 외국으로 나가서 살리라는 사실을, 혼자서 자유분방하게 세계를 누비며 인생을 즐길 것이 분명하다는 사실을.

근데 웬걸, 혼자서 멋지게 늙어갈 줄 알았던 사람이 고작 몇 개월 연애를, 그것도 장거리 연애를 하더니 갑자기 결혼을 한다고 했을 땐 놀라 자빠질 뻔 했다. 자주 붙어 다녔음에도 불구하고 도대체 연애를 하고 있는 건지 긴가민가했던 상황에 뜬금없이 들려온 결혼 소식. 나는 상당한 배신감을 느낄 수밖에 없었다(당시 주변 사람 대부분이 저와 같은 심정이었죠). 하지만 어쩌겠는가. 결혼은 축하받아 마땅한 일이기에 진심으로 축하해주었다. 하지만 거기서 끝이 아니었다.

"나 결혼식 마치면 바로 이민 가기로 했어, 호주로"

캥거루가 폴짝폴짝 뛰어 댕기는 호주라······. 이루 말할 수 없는 배신감에 팔짝팔짝 뛰고 싶은 심정이었다.

당시 존재 자체도 잘 몰랐던 형의 여자 친구는 호주에 살고 있는 영주권자라 했다. 호주에서 생활을 하면서 가끔 한국에 들어 올 때마다 만남을 가졌는데 갑자기 결혼이 하고 싶어졌단다. 뭐, 그렇죠, 한치 앞도 알 수 없는 것이 사람의 인생이니까, 하고 넘어가려는데 뭔가 살짝 께름칙하면서도 퍼즐처럼 딱 맞아 떨어지는 사실을 발견했다. 비혼주의자가 갑자기 결혼을 한다? 평소에 외국에서 살고 싶다고 자주 언급했는데, 때마침 신부는 영주권자? 결혼 후엔 곧바로 이민을 간다고? 셜록홈즈 같은 예리한(사실 아주 간단한) 추리력을 동원해 나는 마침내 결론을 내렸다.

"형은 호주에서 살고 싶어서 억지로 결혼을 감행했다! 한마디로 호주와 아니, 캥거루와 결혼한 것이나 다름없다!"라고.

형에게 배불리 쌍욕을 먹고 난 후 그 답례로 결혼을 결심하게 된 이야기를 들었다. 배신자의 이야기를 귀담아 듣진 않았지만 대충 풀어보자면 '평생 함께 할 수 있는 상대라고 느껴져서' '장거리 연애만 계속 하다보면 언젠가 놓칠지 몰라서'와 같은 부류의 이야기였다. 대부분 배신자들의 레퍼토리는 지겨울 정도로 비슷하다.

　결혼을 안 하겠다고 선언한 사람들은 하나둘씩 떠나는데 결혼이 하고 싶어서 안달난 사람들은 정작 연애조차 못하고 있다. 그러한 사람들을 곁에서 보고 있자니 무척이나 애처롭다. 비혼주의자들의 외모가 조금 더 뛰어난 것 같기는 한데 그것도 확실하진 않고, 결혼에 대한 마음을 어느 정도 내려놓은 사람에게 신비로운 매력이 풍겨 나온다고 장담할 수도 없는 일인데……. (뭔가 원인이 있을까요)

　비혼주의를 선언한 사람들 가운데 정녕 목에 칼이 들어와도 결혼하지 않을 사람의 비율은 얼마나 될까. 내 생각엔 0%이다. 사람이라면 짝을 맺고 싶어 하는 것이 당연하다. 하지만 대부분이 경제적으로 결혼할 여건을 갖추기 힘들다는 현실, 혹은 결혼은 자유를 앗아가는 일종의 구속일 뿐이라는 편견으로 인해 정작 자신의 마음과는 달리 결혼을 하지 않으리라 다짐한다. 그중에서 가장 많은 부분을 차지하는 것은 역시나 '결혼하고 싶은 사람을 만날 수 있는가'와 같은 막연한 불안감이 아닐까. 그런 불안감을 떨쳐내기 위해 결국 모든 것을 포기하고자 마음먹는 것은 아닐까.

　쓸데없는 얘기들을 두서없이 풀어 놓아서 죄송합니다. 사실 제가 하고 싶은 말은 결혼을 하려면 꼭 사랑하는 사람과 했으면 좋겠다, 는 이야기입니다. 호주에 계시는 차씨 성을 가진 형님처럼 말이죠. 그래서 결론은 형수님 사랑한다는… 아니, 제가 아끼는 형을 잘 부탁드린다는 말을 전하고 싶네요.

　나중에 호주 한번 꼭 놀러 갈게요. 그쪽 커플 말고, 캥거루 보러.

결혼이란 과연

　연애와 사랑. 그 어느 쪽도 복잡하고 어렵다. 그렇다면 결혼이란. 결혼, 결혼, 결혼! 결혼이란 멀고 먼 어느 종착 지점에 우뚝 서 있는 거대한 산과 같다. 누구는 즐거운 마음으로 오르기도 하고 누구는 아무런 생각 없이 오르기도 하는데 상당수는 오를 엄두조차 못내는 높디높은 산. 얼마만큼 담대해야 그 정상에 깃발을 꽂을 수 있을까. 흔히들 입버릇처럼 말하는 '왜 아직 결혼 안했어?' 따위의 질문은 '왜 아직 히말라야 등반에 성공하지 못했어?' 라는 질문과 별반 다를 게 없이 느껴지곤 한다.

　결혼은 해야만 하는 걸까. 결혼 시기가 점점 늦춰지고 그 자체를 포기한 사람들이 늘어만 가는 현실이다. 그 원인에는 대다수가 공감하는 경제적인 사정이 큰 몫을 차지하겠지만, 그에 못지않게 연애 자체를 못하거나 연애를 해도 내 평생을 바칠 만한 인연을 만날 수 있는가에 관한 문제 또한 내재하고 있다. 연애의 고수들에겐 해당사항이 없을 수도 있겠지만 모태 솔로(생각보다 많음)나 연애 경험에 장기간 텀을 가지고 있는 이들(굉장히 많음)에겐 심각한 걱정거리로 다가올 수밖에 없다. 결혼하고 싶다고 아무나 붙잡고 결혼할 순 없으니까. 물론, 그 아무나도 내가 붙잡는다고 해주지 않는다.

서로 사랑하는 두 남녀가 만날 확률. 그 희박한 확률을 뚫고 알콩달콩한 연애를 거쳐 결혼을 하게 되는 비율은 얼마나 될까. 오래오래 행복하게 사는 연인들의 모습은 동화 속에나 있을 법한 신비스런 이야기처럼 느껴지기도 한다. 주위를 둘러보면 연애는 물론이고, 결혼 또한 밥에 물 말아 먹듯이 후딱 해치워버리는 사람들이 늘어만 가는데 그런 사람들이 지극히 정상이고 내가 비정상인 것만 같다. 외모, 성격, 경제력, 취미 등등 그중에 단 한 가지라도 들어맞는다면 '신이시여, 감사합니다'라고 경배를 드린 후 뿌듯해하며 결혼을 결심해야 할 것만 같은 현실이다.

결혼을 결심한다면 최소한의 인성, 성격, 가치관 정도는 파악해야만 한다. 그것이 옳고 그름을 떠나서 나와 어느 정도 맞는지가 중요하다. 상대방의 기분이 완전 최악일 때, 그 사람이 어떠한 방식의 언어나 행동을 취하는지 또한 신중히 고려해야한다. 불행한 상황이나 자신의 기분이 최고조로 좋지 않을 때 본색이 드러나는 법이다. 화를 참고, 한 번 더 생각할 줄 알고, 그 상황을 어떻게든 좋은 방향으로 풀어가려는 노력의 자세를 갖춘 사람을 만나야만 한다. 모든 것이 환상적으로 딱 들어맞는다고 하여도 언젠가는 싸우고 서로에게 불만을 가질 수밖에 없는 것이 사람이니까. 뭐, 아직 결혼도 안 해본 놈이 뭘 알겠냐마는…….

지금은 결혼을 하지 않아도 내 삶에 만족스럽다. 아직은 젊으니까. 하지만 불혹의 나이를 넘어 오십 줄에 들어서고 자주 만나던 친구들마저 가정에 신경 쓰느라 바빠진다면, 의지하던 부모님도 노쇠해지거나 세상을 떠나신다면, 결국 남는 것은 '나 혼자'이다. 나는 이 상상이 가장 무섭고 두렵다. 혼자만의 시간이 꼭 필요하지만서도 누군가와 함께 해야만 행복할 것이라는 믿음은 아직 유효하니까.

결혼이라는 개념 속에는 사랑이 존재한다. 하지만 그만큼의 양보와 희생의 정신을 지녀야만 한다. 그럼 나는 아직 사랑을 위해 자유를 포기하고 희생할 준비가 되어있지 않은 걸까. 모르겠다. 그냥… 단지 결혼을 한다면 내 전부를 내 던질 수 있는 사람과 하고 싶다. 그렇지 않고서는 그냥 혼자 사는 편이 여러모로 낫겠다고 확신한다. 아직까지는…….

이 글을 읽는 부모님의 한숨 소리가 들려오는 것 같습니다만, 착각이겠죠?

외계인

"4년 정도 연애 했으면 지겹지 않냐?"

"지겨웠던 적은 없었던 것 같아요."

"권태기 한 번쯤은 왔었을 거 아냐."

"권태기 온 적도 없는 것 같은데⋯⋯. 사실 권태기가 어떤 느낌인지 잘 모르겠어요, 전 항상 좋아요."

넌 진짜 대단하다며 친한 동생에게 엄지를 들어보였다. 사실 그 의미는 외계인은 지금 당장 이 지구를 떠나도 좋다는 수신호였다. 4년이란 긴 시간 동안 권태기 없는 사랑이 가능했다고? 인간에게 불가능은 없다지만 저 이야기는 도저히 납득할 수 없었다. 나는 그들이 만들었을 과거의 흠집을 찾기 위해 동생을 추궁하곤 했다. 하지만 되돌아 온 것이라곤 싸워 본 기억이 없다고 말하는 동생의 해맑은 얼굴뿐이었다.

그런 동생으로부터 어느 날, 고민상담 비슷한 이야기를 들었다. 서로가 취업 문제로 좀 예민한 탓인지 어제 여자 친구와 말

다툼을 했다는 것이다. 예스!!! 너네 같은 커플도 싸움을 하냐며 꽤나 놀라는 척했지만 사실은 내심 흐뭇했다. 그렇지, 그렇게 싸우기도 하고 질리기도 하는 것이 인간이라는 동물인 거야. 그런 게 사랑의 또 다른 면이지. 이제야 사람답고 사랑답구만. 그래서 이제 어찌 할 거냐고 걱정할 때쯤 그 외계인은 천진난만한 미소를 띠며 말했다.

"어제 잠깐 말다툼하고 바로 풀었어요. 별일 아니었어요. 그냥 형이 전부터 궁금해하는 것 같아서 알려주는 거예요."

하……. 그래 고맙다. 외계인아.
사실은 나도 너의 동료가 되고 싶은데 쉽지가 않네.

오타쿠 아저씨

　다큐멘터리였던가. 채널을 돌리다 우연히 오타쿠에 관한 방송을 본적이 있다. 당시 몇 명의 오타쿠가 나왔는지는 기억이 가물가물하지만 나의 인상에 남은 사람은 일본 여자 아이돌을 광적으로 좋아하는 대략 40대 후반의 일본 아저씨였다. 일본의 여자 아이돌은 인기의 척도를 가늠하기 위해 '선거'라는 방식을 실행하고 있는데(일부 아이돌에 한해서), 취재진이 촬영을 위해 방문했던 날이 선거의 결과가 발표되는 날이었다. 잘은 모르지만 팬들의 투표를 통해 전체 순위에서 100위권 안에 들어야만 그 아이돌의 미래가 어느 정도 보장되는 시스템인 것 같았다.

　아저씨는 진지했다. 인터뷰에서 자신이 응원하는 멤버는 한번도 순위권에 든 적이 없기 때문에 크게 기대하지는 않는다고 말하면서도 설렘 가득한 표정으로 TV를 뚫어져라 바라보고 있었다. 이후, 갑자기 누군가의 이름이 불리자 아저씨는 깜짝 놀라며 감격의 눈물을 펑펑 쏟아냈다. 아저씨가 그토록 응원하던 멤버가 순위권 안에 든 것이다. 행복의 눈물을 흘리며 떨리는 목소리로 인터뷰를 하는 아저씨의 모습이 무척이나 인상 깊었지만 당시 그 장면을 보면서 생각했다.

'역시 세상엔 정신 나간 사람들이 많구나.'

오타쿠들의 성지라고 불리는 도쿄의 '아키하바라', 오사카의 '덴덴타운' 같은 곳을 가면 오타쿠를 심심치 않게 볼 수 있다. 애니메이션 숍이나 카드 게임 숍, 피규어 숍 같은 곳엔 오타쿠들로 넘쳐 난다.

예전에 오사카에서 공부했던 시절, 외국 친구들과 도쿄를 여행할 일이 있었다. 그때 '아키하바라'라는 곳을 처음 방문했다. 그 시절엔 그저 '용산전자상가' 비슷한 곳이라는 이야기만 들어서 싸구려 카메라라도 하나 있으면 구입해볼까 하는 심정이었다. 헌데 직접 방문한 그 곳의 풍경은 가히 놀라웠다. 길거리 양 사이드에 메이드복을 차려 입은 여자들이 일렬로 쭉 서있는 것이 아닌가. 거짓말 안하고 관광객보다 메이드가 많아 보일 정도였다. 그녀들은 하나같이 카페 팻말을 들고 방긋 웃으며 자신의 가게를 홍보하고 있었다. 나는 궁금한 나머지 외국인 친구들에게 함께 가보자고 권유했지만 메이드 카페의 가격을 보고는 모두가 고개를 절레절레 흔들었다. 그런 내 모습을 불쌍하게 여긴 친한 여동생이 선뜻 같이 가주겠다고 하여(혼자서는 도저히 갈 용기가 나지 않았어요) 나는 운수 좋게? 메이드 카페에 입성할 수 있었다.

그곳에서 우릴 불러주는 호칭은 특이했다. 나는 '오우지 사마(왕자님)', 여동생은 '오히메 사마(공주님)' 기분이 묘하면서 흥미로웠다. 이런 것이야말로 새로운 경험이라고 생각했다. 그러면서도 '혹시나 우리를 오타쿠로 오해하는 것은 아닐까'하고 눈치를 살펴가며 자리에 앉아 음료수를 마셨다. 카페는 크지 않았다. 그래도 좁은 공간 이곳저곳에 몇몇의 사람들이 있었다.

나는 그중에서 한 사람을 주목하게 되었다. 해맑게 웃고 있는 나이가 지긋한 중년의 아저씨였다. 메이드와 함께 음식을 앞에 두고 "오이시쿠 나레(맛있어져라)"하고는 만화에나 나올 법한 마법의 주문을 목청껏 외치는 아저씨의 모습은 관광의 묘미를 만끽하게 해주었다(물론, 몇 분 뒤에 나도 메이드의 요구에 맞춰 '오이시쿠 나레'를 외쳐야만 했다). 그리고 얼마나 지났을까. 아저씨는 가방 한쪽에서 자연스럽게 선물을 꺼내서 메이드에게 건네주었다. 어색함이라곤 전혀 없었다. 메이드는 활짝 웃으며 만족스러운 표정을 짓고 그 반응에 아저씨도 덩달아 행복해하는 장면, 어찌 보면 지극히 아름다울 수도 있을 그 장면이 내겐 상당한 충격으로 다가왔다. 가상의 세계에서나 벌어질 신비스런 상황을 두 눈으로 마주한 느낌이었다. 그 아저씨를 보며 내가 일본에 있다는 사실을 새삼 실감하기도 했지만 마음 속 깊은 곳에서는 동정심과 혐오감이 스멀스멀 올라왔다. '불쌍하고 처절한 인생들…….'

그곳에서 나는 내 자신에게 계속해서 주문을 걸었다. '나는

오타쿠가 아니라고' '이곳을 들락날락하는 께름칙한 사람들과는 명확하게 질이 다른 사람이라고'

그로부터 꽤나 오랜 시간이 지난 지금, 내가 싫어했던 그들에게 혹시나 어떠한 문제가 있었는지를 문득 생각해 본다. 그리고 굳이 집어내라면 '나이가 들었다는 사실' 밖엔 없지 않을까, 라는 결론에 이른다. '나이에 맞게 행동하라'를 정설처럼 여기는 인간 사회이기 때문에 청년이 하는 행동과 아저씨가 하는 행동은 동일하게 받아들여지지 않는다. 젊은이가 방황하면 청춘이고 늙은이가 방황하면 주책인 것이다. 하지만 나이 먹은 사람도 충분히 방황하며 넘어질 수도 있고, 동년배보다 모든 면에 있어 부족할 수도 있다. 자신이 하고 싶다면 타인의 눈치를 보지 않고 행동할 권리 또한 가지고 있다.

오타쿠들의 행복한 표정을 본적이 있는가. 역설적이게도 내가 혐오하던 그들의 모습에서 행복의 본질을 발견한 것만 같은 기분이 들었다. 나의 주변 여러 곳에서 가식적으로 포장하고 비교하는 표면적인 행복과는 확연히 다름을 절감하게 되었다고나 할까. 우리는 그들을 사회 부적응자, 혹은 정신 나간 사람이라고 손가락질하며 멸시적인 태도를 취한다. 그들을 비난하는 행위를 통해 조금이나마 스스로를 위로한다. '자신은 그들보다 나은 삶'을 살고 있다며 안도의 한숨을 내쉰다. 하지만 다른 한편으론 자신보다 잘난 사람들을 바라보며 자괴감에 빠져 괴로워한다. 그렇게 영원히 끝나지 않을 비교의 굴레와 속박에 갇혀버리고 만다.

　우리는 오타쿠를 비롯하여 사회적으로, 경제적으로, 외형적으로 자신보다 못나다고 생각하는 사람들을 습관처럼 무시하는 경향이 있다. 하지만 진정으로 행복을 이해하는 그들이라면 우리에게 관심조차 주지 않을 것이다. 그들은 행복을 위해 자신만의 확고한 가치관을 지닌 사람들이자, 그러한 삶 자체를 즐길 줄 아는 사람들이니까. 타인에게 자신을 투영시키지 않고 자신만의 방식으로 행복을 찾아 만들어가는, 끝내는 남과 비교되지 않는 자기 자신을 사랑할 줄 아는 사람들이니까.
　틀에 갇힌 편견의 시선으로 바라봤던 내 자신을 돌아보며 생각해 본다. 과연 어느 쪽이 더 행복할까. 내가 과연 그들보다 더 행복한 삶을 살고 있다고 당당하게 말할 수 있을까.

　타인에게 해를 끼치지만 않는다면 우리는 사회의 다양성을 존중해 줄 필요가 있다. 나아가 그 다양성을 이해할 수 있을 때 비로소 삶을 다른 방향으로 바라볼 수 있다. 삶이란 어떤 방향이 옳은 길이라고 정해져 있는 것이 아니다. 그르다고 여기던 타인의 삶의 방식도 한 번쯤은 들여다보고, 그런 타인의 사고방식에 내 자신의 상념을 빗대어도 보는 일. 자신만이 가지고 있던 기존의 가치철학을 비틀어 바라보는 일. 누구에게나 필요하다고 생각한다.

오타쿠를 비난하지 말자. 누구나 가슴 속 어딘가에 소년, 소녀가 살고 있으니까.

모두 같은 사람들

　대단하거나 혹은 위대한 사람이 따로 존재하는 걸까. 나는 모두가 같은 성분으로 구성된 우주의 티끌 같은 존재라고 생각한다. 하고 싶은 말은 즉, 위대해 보이고 특별해 보이는, 내가 정녕 동경해 마지않는 누군가가 있다면 나 또한 그 사람처럼 멋진 사람이 될 수 있다는 이야기다. 어쩌면 이미 그런 사람일지도 모른다. 누군가에게 직접적으로 듣지 못했을 뿐 충분히 가능한 이야기다. 내세울 것 하나 없는 내 자신을 누군가는 선망의 눈빛으로 바라보고 있을지는 아무도 모른다.

　자신을 한 번 믿어보는 건 어떨까. 더 이상 스스로를 깎아 내리지 않고 용기를 내도록 격려하는 일. 지금까지 밟아온 길이 하찮고 부끄럽게만 느껴져도 어제보다 한층 성숙된 오늘을 보내기 위한 의지를 가져보는 일. 남 부러워할 시간, 남 탓할 시간, 자기비하 할 시간, 그 시간들을 아껴서 내가 어떤 사람인지 분석해 보고 어떤 사람이었는지 되돌아보는 일. 이러한 상념들로부터 위대한 존재의 탄생이 시작되는 것은 아닐까.

대단하거나 위대한 사람은 따로 존재하지 않는다. 내 자신을 깊숙이 들여다보고 이해할 수 있다면, 그렇게 세상의 올바른 이치를 추구하려는 마음가짐으로 생각하고 행동하려 한다면, 모두가 같은 존재, 모두가 대단하고 위대한 존재가 될 수 있다고, 나는 믿는다.

행운아

  서로가 막 대하는 20년 지기의 친한 친구가 있다. 더 오래된 친구도 여럿 있지만 이상하게도 이 친구를 자주 찾게 되는데 그 역시도 마찬가지다. 우린 몸속 깊숙이 배인 습관처럼 쉬는 날이면 서로 연락을 한다. 언젠가는 난 이놈의 어디가 좋기에, 또 그놈은 나의 어떤 면이 마음에 들었기에 20년이란 세월을 붙어 다녔을까 되새겨 보았다. 처음엔 그저 편하고 성격이 잘 맞으니까 여태껏 만나 왔으려니, 하고 지나쳤다. 하지만 곰곰이 생각할수록 간단하게 정의하기엔 석연치 않은, 그에 대해 뭔가 애틋하고 소중한 감정이 내 안에 자리 잡고 있음을 느꼈다.

  친구는 왜 만나는 걸까. 어쩌면 친구를 만나는 행위는 내 자신의 이기심으로부터 시작되는 건지도 모른다. 나의 즐거움, 행복, 슬픔, 외로움, 무료함 등, 그것이 감정이건 물질이건 간에 혼자서는 불가능한 무언가를 친구라는 매개체를 통해서 얻어내거나 해소할 수 있으니까.

하지만 나의 이기심을 채우기 위해선 상대방의 이기심부터 채워줘야 하는 것이 인지상정. 그 과정에서 서로가 자연스레 배려와 신뢰를 쌓아가게 되고 그것들이 어떠한 방법으로 형성되었는지, 어느 정도 견고한지에 따라 친한 친구가 되기도 하고 단지 아는 사람으로 남기도 한다. 그런 까닭에 한 명의 친구를 만드는 일은 절대 쉬운 일이 아니며 친구가 되었다고 해도 그 관계를 유지하는 것은 더더욱 힘에 부치는 일이다.

기본적으로 함께 할 때 불편하지 않은 관계. 더 나아가 나 자신이 즐거워야만 하는 관계. 나이와 성별, 환경에도 크게 얽매이지 않아야만 하는 관계. 이러한 것들이 내가 표방하는 '친구'의 기준이다. 덧붙이자면 일적으로 전혀 관계가 없는, 일적으로 처음 인연이 닿았다 할지라도 결국은 성격이나 사고방식, 취미 등이 잘 맞아 정서적으로 연결되는 사람. 그런 사람이 '친구'이다.

친구란 내가 선택하는 것이고, 따라서 친구라는 지위 또한 내가 부여하는 것이다. 때문에 '나에겐 단 한명의 친구도 존재하지 않는다'라고 느껴진다 해도 전혀 이상한 일이 아니다. 자신이 지향하는 기준에 부합하지 못하면 친구로 받아들일 수 없다. 그냥 아는 사람일 뿐이다.

20년 지기 막돼먹은 친구 놈은 '나를 가장 나답게 만들어 주는 친구'였다.

서로의 행동들이 예측 가능한 범위 안에 있기 때문에, 서로에 대한 이해의 폭이 넓어지고 그만큼 막 대하기도 하는 관계.

　서로를 비난하기도 하고 폄하하기도 하지만 이 또한 충분히 익숙해져 서로의 마음에 생채기가 나지 않는 수준에서 어울릴 줄 아는 관계.

　실수로 상처를 냈더라도 서로가 사과하는 방법과 받아주는 방법을 아는 관계.

　좋아도 그 표현을 하기가 부끄러운 반면, 싫을 때는 온갖 짜증을 부릴 수 있는 가족과도 같은 관계.

　굳이 말하지 않아도 가장 가까운 사이임을 아는 것은 물론, 정말 할 일 없을 때 심심풀이 땅콩으로 불러내어 별다른 수다 없이도 값진 하루를 보낼 수 있는 관계.

　우린 그런 관계였다. 인생을 살아가면서 이런 친구를 한명이라도 지니고 있다면 그보다 큰 행운이 있을까. 고로 나는 행운아다.

　이 글을 쓰는 지금 시간은 새벽 3시 40분. 나를 가장 편하게 해주는 친구가 내일 쉰다는 사실을 알고서 무작정 전화를 걸었다. 막 잠에서 깬 짜증스런 목소리로 이 시간에 왜 전화 했냐고 투덜거리기에 나는 깔깔깔 웃고서는 대답했다.

　"그냥"

상스러운 욕과 함께 가차 없이 전화가 끊겼다. 나는 핸드폰을 든 상태로 배꼽을 잡고선 한참을 더 웃었다.

우린 언제부터 서로에게 익숙해지고 길들여진 걸까. 음악을 사랑하는 나를 따라 음악광이, 영화를 사랑하는 너를 따라 영화광이 되고, 누가 먼저 패션에 눈을 떴기에 남자 둘이 우습다는 듯이 서너 시간 쇼핑을 할 수 있게 된 건지. 근데 왜 둘 다 패션센스는 별로인 건지. 그저 서로가 좋아서 서로의 곁에 어슬렁거린 건지. 세월이 자연스레 우리를 감정적인 공생관계로 이어준 건지. 아직은 잘 모르겠다. 내가 아는 것이라곤 우린 서로에게 행운이었고 앞으로도 변함없으리라는 사실이다.

아까 전화 했던 건 그냥 생각나서, 보고 싶어서 했다, 친구야. 벌써부터 오글거리냐. 새벽이라 센치해졌음을 이해해라. 살은 그만 좀 찌고, 요리하면서 그만 좀 다치고, 항상 몸 관리 잘하길 부탁한다. 오래오래 볼 수 있게.

시간나면 나중에 다시 한 번 경주에 가자. 물론 운전은 네가 하고.

좋은 친구를 만들고 싶다면

"이 사람 누구야?"

"그냥 아는 사람이야."

친구든, 형이든, 동생이든 친분의 정도와 상관없이 '아는 사람'이란 사실 몰라도 되는 사람이다. 옷깃만 스쳐도 인연이라하는데 옷깃만 스친다고 해서 인연이 아님은 말할 것도 없고, 손을 맞잡아도, 반가운 척 포옹을 해도 인연이 아닌 경우가 허다하다. 혹자는 누구나 나름대로의 개성이 있을 뿐, 나쁜 사람은 없다고 한다. 하지만 그런 사람들로 인해 온갖 상처와 스트레스를 떠안다보면 인연이었다고 착각했던 그들과 거리감을두고 싶어진다. 모든 인연은 소중하지만 모두가 인연이 될 순없다.

어느 날은 내가 왜 이 사람 앞에 앉아 있는지, 더 이상 이 사람과 함께하는 시간이 무료하다 못해 너무 아까워 나 자신에게 화가 치밀어 오를 때도 있다. 내 마음과는 달리 그런 상황들은 날이 갈수록 점점 더 빈번해지는 느낌이다. 그러한 경험들을 수없이 되풀이하다 보면 단지 옛정으로 인해 관계를 이어 온 사람, 즐겁지 않음에도 불구하고 예의상 만났던 사람, 혹은 동정이나 연민의 감정을 느껴 귀중한 나의 시간을 내주었던 사람들에게 더 이상은 가식을 떨지 않게 된다. 만남이 지속되면 될수록 내 몸과 마음만 고생할 뿐이라는 사실이 자명하기에 가급적이면 만나지 않는 편이 상책이라는 생각마저 든다.

  그들에게 친구라는 지위를 부여할 수 있을까. 비단 나뿐만 아니라, 누구나 세월이 흐를수록 소중해져만 가는 시간의 가치를 더 이상 허투루 쓰고 싶지는 않을 것이다.

  상대방이 마음에 쏙 들어 좋은 친구로 만들고 싶거나 그 관계를 유지하고 싶다면 한 가지만 유념하면 된다. 상대방과 나누었던 이야기를 집에 돌아오는 길이나 돌아와서, 아니면 다음날에라도 곰곰이 되짚어보는 습관을 들이는 일이다. 자신이 유난히 말이 많았던 날이나 감정 섞인 대화들이 오고 갔던 날들은 더더욱 필요할지도 모른다. 그 후, 자신의 태도에 대해 반성할 것이 있으면 반성하고, 사과할 것이 있으면 나중에라도 사과할 수 있는 용기를 가져야 한다. 그렇게 상대방으로부터, 그리고 자신으로부터 배워 나가는 방법을 터득하며 점차 인간적인 사람이 되고자 노력한다면 좋은 친구를 만드는 것은 물론, 좋은 친구가 되어 줄 수도 있지 않을까 생각한다.

만약 매번 되짚어보았음에도 불구하고 반성할 만한 것이 없다고 느껴진다면, 상대방의 분위기와 마음을 좀처럼 파악하지 못한다면, 좋은 친구 만들기는 어려울 지도 모른다. 어쩌면 좋은 사람이 되기 어려운 걸지도.

무엇보다 중요한 것은 친구를 편안하게 해주는 일. 자신과 함께하는 시간과 공간에는 편안함이 존재한다는 것을 최우선적으로 상대방에게 각인시키는 일입니다.

그런 의미에서 정말 좋아하는 친구가 있다면, 자신이 힘들거나 자신의 필요성에 의해 찾기보단 아무런 목적 없이 단지 보고 싶을 때 연락하는 편이 좋지 않을까요.

따뜻한 마음

친척이 집을 사면 배가 아프다는 말이 있잖아요.
당연히 아프죠. 내 집이 아닌데.
그래도 타인의 행복을 진심으로 빌어줄 수 있는 사람이 되어
보려 노력해 봐요.

누군가의 꿈을 응원해줄 수 있는 사람만이
자신의 꿈을 이룰 수 있다거나,
타인의 행복이 곧 나의 행복으로 돌아온다는,
뻔하고 허황된 이야기를 하려는 건 아니에요.

그저 따뜻한 마음을 가진 사람만이
따뜻한 사람을 만날 수 있다는 말이 떠올라서 그래요.

개인 취향

누구에게나 취향이라는 것이 있다. 개개인의 취향은 일종의 개인적 의사표시나 자유의지도 함유되어 있기에 존중받아야 마땅하다. 하지만 사람들은 자신의 취향을 타인에게 강요하곤 한다. 그러한 행위가 선의적인 취지로 시작되었는가는 크게 중요하지 않다. 받아들이는 사람이 스트레스를 받고 악의적으로 느낀다면 그것은 옳지 못한 행동임에 틀림없다. 취향을 권할 땐 '내가 좋아하는 거야, 한 번 경험해봐, 아님 말고' 정도의 가벼운 태도가 좋다고 생각한다.

그렇지만 우리도 각자의 취향만을 고집 부릴 필요는 없다. 고집 부릴수록 자신만 손해일지도 모른다. 자신의 취향이 훼손되지 않는 선에서 접해보지 못한 새로운 무언가를 경험해보는 일은 실로 많은 도움이 되기 때문이다. 그중에서 마음에 드는 것이 있으면 받아들이고 아닌 것은 거르면 그만이다. 다만, 경험해보지도 않고 첫 느낌에 모든 것을 판단하지 않는 편이 좋다. 정말 매력 있는 무언가는 쉽사리 자신의 모습을 드러내지 않는 경우가 많다.

하나의 취향은 여러 개의 감정을 품고 있다. 새로운 취향을 받아들이는 행위는 즐길 거리의 폭을 넓힐 수 있는 기회이자 색다른 감정이 내 안에 피어나게끔 만드는 토대를 마련해준다. 다양한 것들을 받아들임으로써 우린 더 많은 것들을 즐길 수 있게 되고, 더욱 심취할 수 있게 된다. 그것은 삶의 질이 조금은 향상될 수 있음을, 무언가를 사랑하게 되는 계기 또한 늘어날 수 있음을 의미한다. 어쩌면 개인의 취향은 변화하는 것이 아니라 여러 방면으로 두텁게 쌓여가는 걸지도 모른다.

친한 친구와 오래 전부터 영화를 공유해 왔다. 영화감독을 꿈꿨던 친구(지금은 요리를 하지만)는 영화를 보는 안목이 뛰어난 편이다. 10년도 더 지난 이야기이지만 언젠가 영화 <포레스트 검프>를 열렬히 추천해서 '얼마나 대단한 영화길래 저러나'하고 호기심을 갖고 감상한 일이 있었다. 뭐 그럭저럭 볼만은 했지만 나의 취향과 들어맞는 영화는 아니었다. 그러자 친구는 '그 영화는 한 번 봐서는 잘 몰라, 세 번은 봐야 진가를 알 수 있어'라며 꼭 세 번 보기를 희망했다. 제일 친한 친구 놈의 인생영화라는데 그 소망 한 번 못 들어줄까. 보고 싶은 영화가 산더미였음에도 불구하고 결국엔 꾸역꾸역 세 번을 봤다. 신기한 건 친구가 나에게 주술이라도 걸었는지 딱 세 번째에 그 영화가 좋아졌다(그제야 영화를 이해한 것이겠죠). 그렇게 나의 베스트 무비 리스트에 작품 하나가 더 추가되었다.

이처럼 내가 사랑하는 영화, 음악, 책의 절반 이상이 주변인들의 추천작이다. 그래서 누군가가 나에게 자신의 취향을 권유할 때면 기대감에 설레기도 한다. 좋은 작품은 긍정적인 방향으로 인간을 한 단계 더 성장시키는 마력 같은 것을 함유하고 있다.

무라카미 하루키는 소설이나 에세이에서 자신의 음악적 취향을 마음껏 드러낸다. 그 중 <채소의 기분, 바다표범의 키스>에 나온 일부 내용인데, 마빈게이 & 타미테렐의 '유어 프레셔스 러브'의 후렴구를 들어본 사람은 '사랑의 감동에 대해 반응하는 정도가 안주 한 개 분량만큼 다를 것'이라고 표현했다. 사실 나는 하루키의 마이너적 음악취향과 잘 맞는 편이라서 아는 음악이 나오면 공감하고 모르는 음악이 나오면 바로 찾아듣곤 했다. '유어 프레셔스 러브'같은 경우는 들어본 적이 없었기에 기대를 하며 감상했다. 음, 가사도 좋고 멜로디도 좋은데 사랑의 감정을 한층 다르게 느낄 수 있다라……
내가 그런 사랑을 못 해봤거나 아니면 역시 개인취향 존중이라는 생각밖에는 들지 않았다. 그런데 신기한 사실은 요즘 들어 마빈게이 & 타미테렐 베스트 앨범을 나도 모르게 자주 듣게 된다는 것이다. 아직 그 '사랑의 감동에 대한 안주 한 개 분량의 다름'을 느낄 수 있는 정도는 아니지만 이 글을 쓰고 있는 지금도 '유어 프레셔스 러브'의 후렴구가 자꾸만 맴돈다. 사랑이 샘솟을 것만 같은 기분이다.

나와 같은 경우는 음악과 영화를 자주 권한다. 물론, 상대방의 취향을 어느 정도 파악하여 나름대로 선별한 후 친한 사람들에게만 권유하는데, 하루키의 글이 생각나서 따라하고 싶어졌다. 그래서 떠오른 노래가 세기의 명반 <Abby Road>에 수록된 비틀즈의 '썸띵'이다. 아무래도 하루키 하니까 비틀즈의 곡이 떠오른 반면, 사랑을 희망적으로 노래한 '유어 프레셔스 러브' 와는 달리 조금은 회의적인 노래가 떠올랐다. 회의적이라고 하기보단 사랑에 대한 불확실성을 나타낸 노래라고 볼 수 있다.

'썸띵'의 가사와 멜로디, 기타리프를 들어본 사람이라면 사랑의 불확실성에 대해, 어떻게 해서도 도달할 수 없을 것만 같은 사랑의 깊이와 고독에 대해 한층 더 공감하게 되지 않을까 생각한다. 어느 정도냐고 묻는다면 한… 마늘 한조각의 분량만큼? 특히 "아~ 돈~ 노우~" 이후에 나오는 조지 해리슨의 기타 솔로는 음악이 흐르는 내내 촉촉이 젖어 있던 심장을 어루만져 주는 느낌마저 든다. 사랑을 하는 중임에도 불구하고 사랑에 대한 의구심, 내지는 고뇌라고 할 수 있을까.

아무튼 이런 마음을 절묘한 선율로 섬세하게 표현한 유명한 곡이니 안 들어 보신 분이 있다면 꼭 한 번 들어 보시길.

뭐, 이 노래 또한 개인 취향이지만요.

유한대학교

　처음 책을 출간하게 되면 주변인들의 궁금증을 유발하게 된다. "갑자기 책은 왜 쓴 거야?" 라는 질문을 시작으로 돈은 얼마나 들었어, 몇 부 찍었어, 몇 권이나 팔렸어, 삽화도 네가 직접 그린 거야, 저건 뭐야, 이건 왜 이런 거야 등, 이외에도 예상치 못한 수십 가지의 질문들이 쏟아진다. 단순한 호기심에서 시작된 질문들이 대부분이지만 가끔은 기억에 남는, 의미 있는 질문들도 더러 있다.

　"작가 소개란에 출신학교 있잖아, 명지대학교는 이해하겠는데 굳이 유한대학교는 왜 넣은 거야?"

　경기도 부천시에 위치한 사립 전문대학교. '유한공전(유한공업전문대학)'이라 불리던 시절엔 취업도 잘되고 웬만한 4년제 못지않은 학교였다고 한다. 그러나 IMF 외환위기를 거쳐 밀레니엄 시대가 도래하면서 어느새 사회가 2년제와 4년제에 대한 명확한 차별을 두기 시작했다. 그 영향 때문인지 사람들의 뇌리엔 '전문대는 전문대일 뿐'이라는 인식이 점차 만연해졌다. 내가 청소년일 때만 해도 '취업을 위해선 전문대에 진학하는 편이 좋다'와 같은 소리를 심심치 않게 들어왔지만 요즘은 그런 의견을 펼쳤다간 정신 나간 사람 취급을 받을 수도 있는 시대임에 틀림없다.

일자리는 계속 줄어드는 반면에 학생들의 학력은 계속 높아지고 있는 현실. 이러다가 정말 바늘구멍에 황소 한 마리 욱여넣어 통과시킬 수 있는 자만이 양질의 일자리를 차지하게 될지도 모른다(양자역학이론에 따르면 가능할 수도 있죠). '4년제 졸업장'이라는 열쇠가 없으면 사회로 향하는 문을 열 수 없는 것은 물론, 노크할 기회조차 주어지지 않으리라는 두려움을 이겨내야만 하는 후배들, 도전이란 것을 해보기도 전에 한숨부터 내뿜어야 하는 그들이 안쓰럽기까지 하다.

누군가는 노력을 들먹이며 반문할지도 모른다. 재수를 하던지 편입을 해서라도 4년제를 가면 되지 않느냐고. 어느 정도는 맞는 이야기다. 노력의 위력은 실로 대단하니까. 하지만 현시대는 혀를 내두를 정도의 화려한 스펙을 가지고 있지 않은 이상 웬만한 4년제 졸업장도 무용지물인 경우가 많다.

그리고 무엇보다 중요한 사실은 공부도 일종의 재능이라는 것이다. 외우면 금세 잊어먹고 반복하면 딱 반복한 만큼 잊어버렸던, 도무지 이해하기 어려운 개념들 때문에 죄 없는 머리카락을 쥐어뜯었던 나의 과거를 돌이켜보면 공부도 확실히 재능 중 하나라고 생각한다. 몇 년간이나 열심히 공부했던 일본어 실력은 그나마 그런저런 수준을 유지하지만(가끔씩 사용하니까), 정치외교학과를 다니며 배운 개념과 사상들은 싹 다 사라져 버린 느낌이다. 누군가 내 머릿속에 락스 물을 부어버리고서 깨끗이 청소라도 한 것처럼.

　다시 본론으로 돌아와서 이야기를 하자면, 막 성인이 되었을 당시 '대학교'라는 세 글자만 떠올려도 설렜던 나에겐 2년제니, 4년제니 따지는 일은 멀고 먼 어느 외국의 단독주택 안방에서 벌어진 부부싸움과도 같은 일이었다. '2년제, 4년제 그게 그리도 중요한 건가, 난 어디든 대학만 들어갈 수만 있다면 발가벗고 춤이라도 출 텐데'

　애초에 공부에 관심도 없었고 성적도 좋지 않았다. 바닥을 기어 다니는 내신 성적을 가지고 양심도 없이 여기저기 입학 원서(유한대학 포함)를 넣었으나 역시 공부와는 인연이 아니었는지 모두 떨어지고 말았다. 그렇게 원서비만 날려 먹은 채 쓸쓸히 수산시장에 취업했다.

　친구들을 만나면 대학생활에 대한 이야기가 자주 등장했다. 매번 생선 대가리만 구경하던 나에게 캠퍼스의 낭만을 즐기는 친구들의 이야기는 너무나도 달콤했다. 그래서 혼자일 때면 나만의 세계로 빠져들었다. 캠퍼스를 누비며 꽃과 나무, 새들에게 인사하며 등교하는 내 모습을 떠올리거나 짐을 바리바리 싸들고 동기들과 MT(membership training!!!)를 가는 상상, 파룻파룻한 여학우들과 즐거운 대학생활을 보내는 모습과 같은 비현실적인 장면들을 그려보며 혼자 좋아서 피식 웃곤 했다.

군대를 전역한 후 물류창고에서 뼈 빠지게 일하며 대학교에 대한 갈망은 더더욱 커졌다. 그래서 혹시나 하고 입학원서를 한 번 더 넣어봤다. 내신 성적과 경쟁률을 고려하여 모두 야간 대학(현재는 모두 폐지된 듯 하네요)으로. 근데 웬걸, 유한대학교에 가까스로 추가 합격했다. 남들은 그저 그렇다고, 혹은 별로라고 평가하는 2년제 대학이었지만 부모님은 뛸 듯이 기뻐하셨고 나는 세상을 다 가진 것만 같았다. 그렇게 24살에 찾아온 인생 최고의 기회, 공부라는 것을 제대로 해볼 수 있는 기회를 맞이한 것이다.

아직도 기억이 생생하다. 1호선 온수역에서 내려 설레는 마음으로 한걸음, 한걸음, 자그마한 캠퍼스를 오랫동안 둘러보고 교실에 첫 발을 내딛었던 순간은 내 인생 최고의 짜릿한 순간 중 하나였다.

공부라는 경험해보지 못한 높은 산을 넘으려면 어느 정도의 각오가 필요할까, 하고 곰곰이 생각해 보니 딱 한 가지가 떠올랐다. 바로 '금연'. 그렇게 7년 가까이 나와 동고동락했던 담배와의 우정도 끊어내고 공부벌레로 변신했다. 항상 가장 맨 앞자리에서 모든 수업을 씹어 먹겠다는 의지로 임하여 상위권은 물론 장학금도 받을 수 있었다. 어느새 교수님들의 신뢰를 얻어 성적에 반영되는 쪽지 시험의 채점을 나에게 맡기기도 했는데 학우들이 몰려와 "나 몇 개나 틀렸어?" 하는 물음에 대답해 줄 때는 희열마저 느껴졌다. 그렇게 꿈속에서나 고대하던 MT는 물론 국비장학생으로 선발되어 학과에서 유일하게 일본 어학연수도 다녀올 수 있었다.

이게 본래의 내 모습인가? 아님 사람은 변하는 것인가?

'정녕 네가 돌대가리였던 그 한관희가 맞는 거야? 대단해, 놀라워!' 그 시절 나도 몰랐던 나의 노력과 능력에 아낌없는 찬사를 보냈다. 스스로를 무시했던 내 자신에게 미안하기도 했지만 조그마한 기회를 굳은 의지와 용기로 헛되이 하지 않은 내가 대견스러웠다.

인간은 자기 자신조차도 예상치 못한, 남들의 어림짐작 정도는 과감히 깔고 뭉갤 수 있는 다채롭고 놀라운 잠재력을 가지고 있다. 때문에 자신이 원하는 방향으로 변하고자 노력한다면 그 방향을 따라서 변화하기 마련이다. 그 결과를 어떻게 받아들일 것인가는 오로지 자신의 몫이지만, 우리 모두는 자신 스스로에게 어느 정도의 관대함을 갖출 필요가 있다.

당장 눈앞에 드러난 결과가 불만족스러울지라도 노력의 끈을 놓지만 않는다면, 결국은 또 다른 결과의 밑거름이 되어 줄 것이다. 한 걸음에 다다르려는 욕심만 버린다면야 언젠가는 충분히 만족할 만한 결과를 얻을 수 있지 않을까. 혹시라도 현재 자신의 모습이 못마땅하다면 오래된 나만의 습성에서 벗어나 새로운 방향을 모색해 보고 마음을 달리 가져보기를 권한다. 그에 앞서 가장 먼저 취해야할 자세는 자기 자신을 끊임없이 성찰하려는 의지이다.

말이 길어졌지만, 이것이 내가 출신학교에 유한대학교를 넣은 이유다. 남들이 보기엔 보잘 것 없는 2년제로 비춰질지 모르지만 유한대학생으로써 보낸 2년은 내 인생의 터닝 포인트이자 잊지 못할 귀중한 시간들이었다.

소중함은 타인의 시선이 아닌 나만의 시선으로 바라보고 느꼈을 때 비로소 참된 가치를 지닌다. 남들의 비판과 무시로 인해 나조차 저버린 소중했던 나의 과거들을 지금이라도 하나둘씩 찾아보면 어떨까. 잊혔던 과거의 실마리가 현재를 다지는 초석이 되어 줄지도 모른다.

어이, 후배들. 거기 좋은 학교야. 너희가 열심히만 한다면 말이야.

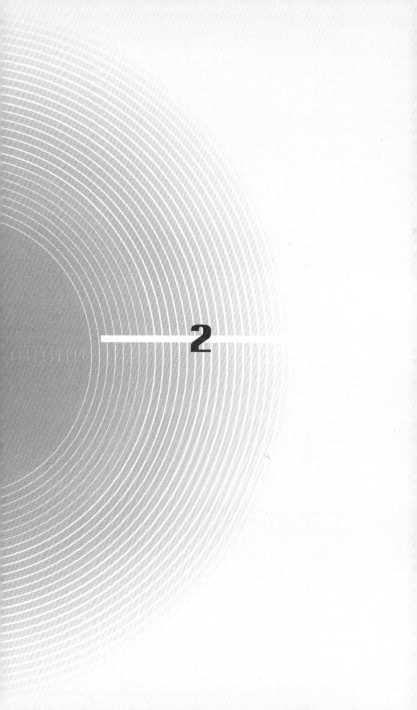

2

내 동시 어때

 아는 형의 조언으로 동시 쓰기에 도전한 적이 있다. 심심풀이로 한 번 써보자는 심산이 아닌 공모전에 출품하여 당선하리라는 각오로 뛰어들었다. 그렇게 동시의 세계를 파헤치기 시작했다. 하지만 과거의 작품들에서부터 현재에 이르기까지 다양한 동시들을 읽으면 읽을수록 도대체 어떻게 써야할지 감이 잡히질 않았다. 과거에는 말 그대로 아이들도 이해할 수 있는 수준의 센스 있는 동시들이 높은 평가를 얻은 반면, 현재는 어른들도 뜻풀이를 해야만 알아먹을 수 있는 동시 아닌 동시들이 높은 평가를 받았다.

 애초에 '동시쯤이야' 하는 오만한 마음가짐으로 시작했기 때문일까. 예상치도 못한 복병의 습격을 받고 패배한 사람처럼, 멍하니 의욕을 잃어버린 채 모니터와 허공을 번갈아 보기만을 반복했다. '평범한 글도 겨우 끄적이는 수준이면서 감히 동시에 도전할 생각을 하다니…….'

 그렇다고 전혀 방법이 없는 것은 아니었다. 우선 동시를 쓰려면 어린 아이의 시점에서 바라보고 상상해야 한다는 기본

원칙을 되새기며, 어린 시절의 추억들을 하나둘씩 끄집어내 글감을 찾기 시작했다. 묻혀 있던 옛 기억들이 스멀스멀 떠올랐고, 나중엔 생동감마저 갖게 되었다. 그렇게 정말 오랜만에 어린 시절의 내 자신과 조우할 수 있었다. 나의 기억 깊숙한 외진 곳에 자리 잡아 점차 형태를 잃을 뻔 했던 어린 시절, 그 시절은 아직까지도 따뜻한 온기를 품고 있었다.

 겨울과 함께 떠오르는 기억. 그 중 하나는 우리 채소가게 안쪽에 위치한 길고 녹슨 벤치였다. 예전에 재래시장에서 장사를 했던 사람들에겐 필수품과도 같은 물건이었지만 지금은 찾아볼 수 없는 물건으로 벤치 전체가 철제로 만들어져 있다. 상단에 휘발유를 넣을 수 있는 구멍이 있고, 그곳에 휘발유를 부으면 벤치의 몸이 뜨거워지는 일종의 난방기구이다. 상당히 뜨겁기 때문에 앉는 자리 위에 장판 쪼가리를 재단하여 깔고 앉아야만 한다. 그렇게 앉아 있으면 온돌마냥 엉덩이가 뜨끈하다. 그 벤치 위에서 추운 겨울이면 엄마와 함께 손과 엉덩이를 녹였다. 엄마가 가게 뒷정리를 할 때면, 어린 나는 그 위로 올라가 쪼그려 누워 따스함에 잠들곤 했다. 가게 정리가 마무리될 때쯤 엄마는 나를 살포시 깨워 주었고, 그 길로 엄마 손을 꼭 잡고 집으로 향했다.

 큰 대로변을 지나 어슴푸레한 골목을 걷다 보면 우리 집이 나왔다. 그때마다 나는 맑고 푸른 밤하늘을 올려다보며 달과 별을 배경삼아 그 날 하루의 일상을 엄마에게 이야기해주곤 했다. 추운 겨울이었지만 밝게 빛나는 밤하늘, 엄마의 손에서 느껴지는 온기, 그리고 엄마의 미소가 세상은 충분히 따스하다는 사실을 안겨주었다.

초저녁

하얀 하늘이 푸른색으로 물들면
온 세상이 반짝거려요

별들은 하늘에만 있는 걸까요

엄마 미소 위에
고양이 눈 위에

우리 집 골목마다
이웃 집 나무마다

별들이 반짝거려요

더 이상 동시를 쓸 자신도 없고, 잘 쓸 자신은 더더욱 없어서,

희미해져 가는 나의 어린 시절을 보듬어 그 따뜻함을 앞으로도 소중히 간직하고 싶어서,

이곳에 적어 둡니다.

엄마의 미신

우리가 살고 있는 세상에는 수많은 미신이 존재한다. 점쟁이 문어가 경기의 결과를 예측하기도 하고 아직도 어딘가에선 굿 판이 벌어지고 있다. 인간의 염원을 위해 돼지머리는 세균이 득실대는 지폐를 입에 물기도 하며, 수많은 연구 결과에도 불구하고 사람의 성격을 파악하는 데는 혈액형만한 게 없다고 믿는 이들도 여전히 많다. 불완전한 인간의 심리와 욕망을 툭 툭 건드리는 것. 자신은 절대 안 믿는다고 손사래를 쳐도 마음 이 끌릴 수밖에 없는 것. 우리는 미신이라는 사슬에 꽁꽁 묶여 있는지도 모른다.

교회와 나름 친분이 있지만 나는 무신론자이다. 대부분의 미 신을 믿지 않으며 무신론자에겐 종교 또한 미신에 가깝다. 나 는 여태껏 그 흔한 사주라는 것도 본 적이 없다. 그래도 주변인 들의 사주 경험담을 들을 때면 딱 한 번쯤은 보고 싶다는 충동 이 일어나곤 한다. 어쩌면 사주의 유혹을 뿌리치기 위해 저항 하는 중이라고 표현하는 것이 맞겠다.

언젠가 한번 사주를 보려고 마음먹었던 적이 있었다. 우선 사주를 보려면 내가 태어난 날은 물론 시간까지 알아야 한다고 하길래 어머니께 물어봤다.

"너는 소띠에다가 11월 아침 8시쯤 태어났어. 여름을 견딘 소가 푹 쉬는 아주 행복한 시간이지. 즉 너의 인생도 순탄하고 편안하게 흘러간다는 소리야. 한마디로 행복한 인생을 산다는 이야기지."

어머니 나름의 사주풀이를 듣고는 대답했다. "뭐, 아주 순탄한 인생이라고도 할 수 있지, 중학교 때는 차비 없어서 걸어 다닌 적도 많고, 고등학교 내내 주유소 알바를 하고, 졸업하자마자 도매수산시장에서 생선도 나르고, 군대 갔다 와서는 꽈대기도 치고, 대학 다닐 때는 알바를 쉬어본 적도 없고, 결국 남은 건 빚이고……."

나는 자주 이런 대화 방식으로 인자하신 어머니의 고운 입에서 굳이 쌍욕을 이끌어내는데, 이상하게 세월이 흐를수록 어머니의 정감어린 욕은 내 삶의 엔돌핀이 된다. 가족 모두가 정말 산다는 게 힘들었던 시절에는 부모로서 자식에 대한, 그리고 자식으로서 부모에 대한 작은 요구조차도 꺼내지 못했다. 부모님의 잔소리를 듣기는커녕 서로 얼굴 마주할 시간도 없었고 가끔씩 나누는 대화도 무미건조할 뿐, 결국은 그마저도 사라져 버렸다.

그런 오랜 나날들을 겪었기 때문일까. '가족'이라는 존재는 항상 유머를 품고 있어야 한다고 생각하게 되었다. 10대에는 무뚝뚝하던 아들놈이 국방의 의무를 마치고는 까불까불, 서른 이 넘어가면서는 부모님과 아예 친구 먹고 천방지축으로 날뛰는 꼴이 된 것도 다 그런 이유이다. 매번 나는 이런 핑계를 거들먹거리며 거꾸로 철이 들어간다. 그런 철없는 아들에게 어머니는 말씀하신다.

"야 이놈아, 원래 인생을 살아낸다는 게 그만큼 힘든 거야. 그래도 어려웠던 시기들은 다 지나갔으니까 이제부터는 순탄하고 행복한 인생이 시작될 거야. 이게 정확한 점괘니까 사주 본다고 쓸데없이 돈 낭비 하지 마."

세상에 존재하는 모든 것이 양면성을 가지고 있듯이 미신 또한 긍정성을 지니고 있다. 인류와 함께 태어나 수많은 역사를 거쳐 오면서, 그리고 여러 가지 복잡한 이유들로 인해 부정적이고 불길한 이미지를 얻었을 뿐이다. 사실 인간은 미신을 통해 궁극적인 무언가에 한 발짝 다가가기도 하고, 풀리지 않는 수수께끼의 정답을 찾아낸 듯한 일종의 성취감을 맛보기도 한다. 그런 면에서 미신은 나름의 매력을 지니고 있다. 어쩌면 미신의 또 다른 이름은 희망일지도 모른다.

나는 종교나 사주는 안 믿어도 딱 하나 믿는 게 있다. 잠시나마 행복했던 순간순간을 떠올릴 줄 알고, 느낄 줄 안다면 앞으로도 행복해지리라는 미신. 근데 이건 미신이 아닐지도 모른다. 어느새 그 작은 행복의 순간들이 내 안에 점점 쌓여가고 있다는 사실을 느끼고 있으니까.

"엄마, 난 엄마의 점괘를 믿어요."

사랑의 매

  떠올려 보면 나는 행복한 가정에서 태어났다. 따뜻한 부모님의 사랑을 받으며 자랐고, 피땀 흘려 열심히 장사하신 덕분에 크게 부족함도 없었다. 부모님은 철없는 아이, 나쁜 길로 들어설 때마다 옳은 길을 열어주셨고 적절히 매도 들 줄 아셨다. 정해진 막대기로 잘못한 만큼의 매를 맞고는 엉엉 우는 나를 포근히 안아주시곤 했다.

  중학교 시절에 들어서면서 모든 것이 무너졌다. 가난이라는 파도는 쌓아올린 행복을 무너뜨리고 평화를 휩쓸어 가족의 시간을 삼켜버렸다. 친한 지인에게 꾸어준 수천만 원, 무턱대고 사버렸던 집의 잔금과 이자, 거기에 맞물려버린 일수대출로 우리가족은 어느새 바퀴벌레가 득실대는 축축한 어느 집 쪽문 딸린 곳에 살고 있었다. 어두컴컴한 방안은 웃음소리 대신 잦은 다툼과 어머니의 울음소리만이 떠다녔고, 그마저도 들리지 않을 때는 지쳐 잠든 공허한 밤들이 끝나지 않을 것처럼 흘렀다. 그 시절 나는 자그마한 행복이 하나 있었다. 등하교 차비를 이틀 삼일 모아 PC방에서 보내는 한 시간. 꿀맛 같은 한 시간이 끝나면 돈 많은 친구가 게임하는 옆자리에 앉아 구경하며 여운을 이어가곤 했다.

어느 날 밤이었다. 녹초가 되어 잠드신 부모님 옆에 돈주머니로 사용하는 앞치마가 덩그러니 놓여 있었다. 생선 비린내와 부모님의 땀 냄새가 밴 앞치마. 어스레한 불빛 사이로 앞치마 속의 은빛 동전들과 알록달록한 지폐들이 반짝였다. 오랜 고민 끝에 500원짜리 2개를 조심스레 집어 들고는 행복한 잠자리에 들었다. 그날 이후로 나는 걷잡을 수 없게 되었다. 다음날은 빨간 지폐, 그 다음날은 노란 지폐, 그 다음날은 푸른 지폐. 죄책감보다는 조바심이 컸었고, 조바심보다는 다음날을 꿈꾸게 만드는 기대감에 설렜다.

그런 나날들이 얼마나 지났을까. 뻘건 대낮에 장사를 하시던 아버지가 갑자기 집에 오셨다. 항상 지쳐 잠드신 얼굴이 익숙했는지 밝은 날의 아버지의 얼굴은 상당히 낯설었다. "우리 얘기 좀 하자" 순간 숨이 덜컥 멎어버렸다. '아 걸렸구나!' 초등학교 때 학교숙제를 안하고는 다 했다고 끝까지 거짓말을 치다가 매를 맞았던 기억이 떠올랐다. '매를 맞겠구나, 매를 마지막으로 맞은 적이 언제였지? 무엇으로 맞을까? 여기 매로 만들 만한 물건이 뭐가 있을까? 아프겠지?' 짧은 순간 수많은 생각이 스쳐지나갔다.

"이리 와서 여기 앉아봐라" 나는 멍하니 땅바닥만 응시한 채

조심스럽게 앉았다. "앞치마에 돈이 사라지는 것을 알고 있어, 네가 가져간 것 맞지?" 나는 아무 말도 하지 못하고 고개만 숙인 채 이 순간이 빨리 지나가기만을 간절히 기도했다. 그리고는 그 길고도 짧은 순간의 정적을 깨는 아버지의 한 마디가 흘러나왔다.

"아빠가 미안하다."

　나는 무슨 말씀인지 이해하지 못해 어리둥절한 고개를 살며시 들어 힐끗 아버지를 보았다. "너무 걱정하지 않아도 된다, 아들. 너는 잘못한 게 없단다. 모두 아빠의 잘못이지. 가난 때문에 착한 아들이 돈에 욕심내게 만들어서 미안하고, 바쁘다는 핑계로 가장 중요한 시기임에도 신경써주지 못해서 미안하고, 예전처럼 오붓하게 밥 한끼 먹을 시간도 못 내서 아빠가 진심으로 미안하구나." 어느새 눈물이 내 눈시울을 적셔 슬픔이 서려있는 아버지의 옅은 미소가 점점 희미하게 번져갔다.
"아들 얼굴 마주보면서 이렇게 얘기하는 것도 참 오랜만이네, 이 집 마음에 안 들지? 아빠가 돈 열심히 벌고 있으니까 빨리 좋은 집으로 이사 가자." 결국 나는 울음을 주체하지 못하고 어깨를 들썩이며 한없이 울었다. 아버지는 어린애처럼 울면서 제대로 말도 못하는 나를 살며시 안아주시면서 말씀하셨다. "다 괜찮다. 괜찮아." 어렸을 적 매를 드시고는 엉엉 우는 나를 안아주셨던 그때 그 사랑과 포근함이 느껴졌다.

삶을 살아오면서 옳지 못한 수많은 욕심들과 상황들을 마주칠 때마다 자연스럽게 그날이 떠올랐다. 그럴 때면 가장 쓰라리고 따뜻했던 그 시절 아버지의 미소가 나의 가슴속에서 빛을 발하고 있었다. 그 빛이 밝혀 주는 길을 따라서 걸어왔고 앞으로도 올바르게 살아갈 수 있다는 믿음을 심어주었던 아버지의 사랑, 그 사랑을 나는 평생 잊지 못할 것이다.

희망을 안고서

오랫동안 써오던 체크카드가 영 말을 듣지 않아 오랜만에 은행을 방문했다.

"카드를 오래 쓰셔서 마그넷이 손상된 것 같네요, 재발급 해드릴게요."

"네, 감사합니다."

"요즘엔 후불 교통카드 기능 정도는 다들 넣으시는데 해드릴까요?"

"있으면 편하겠네요, 넣어주세요."

은행 직원은 분주하게 키보드를 두드려 보고는 나를 애처로운 눈빛으로 바라보았다. 왜, 무슨 일이길래. 너무 죄송하지만 고객님은 신용문제로 후불 교통카드 기능을 넣어드릴 수 없다는 답변이었다. 거듭 사과를 하시기에 오히려 내 쪽에서 더 미안해질 참이었다. 그래도 내심 생각했다. 그 간단한 후불 교통카드 기능 하나 정도는 넣어 줄 수도 있지 않나. 교통비 얼마나 한다고. 하지만 모든 것은 의미 없는 푸념에 불과했다. 나는 내 머릿속에 지우개가 든 것처럼 매번 나의 현재 상태를 잊어버리곤 했다. 어쩌면 잊어버리고 싶었고 받아들일 수 없었는지도 몰랐다. 나는 신용불량자였다.

초등학교 시절엔 집안 형편이 괜찮았다. 밤낮 할 것 없이 365일 동안 장사를 하신 부모님 덕택에 월세를 거치고 전셋집을 거쳐 번듯한 단독주택 한 채가 우리 집이 되었다. 하지만 무슨 일이 벌어진 건지 중학교를 입학하면서 갑작스레 이사를 하게 되었다. 그것도 어느 주택에 쪽문 딸린 집으로. 10평 남짓한 집으로 이사하면서 기존에 있던 전축과 쇼파는 물론, 부모님 방의 침대도, 내 방의 침대도 처분해야만 했다. 10년 넘게 써온 내 반쪽과도 같던 침대를 버려야만 할 땐 가슴이 먹먹했다. 마치 예전에 오랫동안 집안에서 키우던 강아지를 사정상 할머니 집, 그 춥고 서늘한 시골 마당에 두고 와야만 했던 지난날의 애잔함이 생각났다. 그 당시 어렸던 나는 아무 영문도 모르고 해맑은 얼굴로 부모님께 매번 같은 질문만 했다.

"우리 또 언제 큰 집으로 이사가?"
"곧 다시 큰 집으로 이사 갈 거야, 걱정 마."

우리는 그곳에서 7년을 더 살았고, 이후 13년 간 월세방 이곳저곳을 옮겨 다녔다.

일찌감치 부모님은 신용불량자였다. 그러한 이유로 내가 성인이 되면서부터 모든 명의는 내 앞으로 이루어졌고 공식적인 빚은 내 이름으로 쌓여가기 시작했다. 집안 전체의 빚이 얼마였는지는 정확히 모른다. 단지 그동안 내가 모아두었던 4000만원이 순식간에 증발했으며 우리 가족이 재기하는 데 거의 20년이 걸렸다는 사실밖에는. 그나마 부모님의 가게 수입이 나름 안정적이었고, 세 가족이 죽을힘을 다해 살아냈기에 20년이지, 버티고 이겨내려는 노력이 없었더라면 분명 더 오랜 시간이 소요되었을 것이다. 그래서 나는 빚더미에 짓눌려 노숙자로 전락하거나 끝내는 스스로 생을 마감하는 사람들의 심정을 조금이나마 이해할 수 있을 것만 같다(물론, 어느 쪽도 절대 좋은 방향이 아닙니다).

내가 신용불량자를 벗어난 지는 지금으로부터 채 3년이 되지 않았다. 마지막 남은 자산이었던 1.5톤 화물차. 부모님이 장사를 계속 하려면 그것만은 지켜내야 했기에 여기저기 돈을 빌려 막았지만 결국은 차압당했다. 얼마나 지났을까. 트럭을 차압해갔던 모 회사의 캐피탈 직원 분께서 나의 상황이 딱해 보였는지 '신용회복위원회'라는 곳이 있다는 정보를 알려주었다(하루에 10통 이상의 독촉 전화를 받는 분이라면 꼭 신청하시길). 그것을 계기로 하여 조금씩 회복해 나갈 수 있었다. 그 분에겐 아직도 감사한 마음이다.

나는 우리 집안의 돈과 관련된 가정사를 글로 쓰다가 접고, 쓰다가 접고를 반복하다 결국 접어두기로 했었다. 첫째는 어머니는 가족 이외의 어느 누구에게도 어려웠던 집안 사정을 드러내는 것을 싫어하셨고, 둘째는 개인적으로는 고된 시간들이었지만 전 세계뿐만 아니라 우리나라에도 나보다 몇십 배는 고통을 겪었고, 겪고 있을 사람들이 떠올랐기 때문이다. 그 사람들에 비하면 어린애 장난 같은 스토리일지도 모르니까. 무엇보다도 이미 지나간 과거를 들춰내어 유난을 떨어대는 글들이 부끄럽기 그지없어서 끝내 그대로 묵혀두기로 결정했었다.

하지만 이 책을 장식할 글들을 위해, 내 개인적인 욕심을 위해 다시금 마음을 고쳐먹고 최대한 간략하게 적기로 결심했다. 이 보잘것없는 글이 혹시 누군가에게 작은 도움이라도 될 수 있진 않을까 하는 희망을 안고서.

사실 이 글을 쓰면서도 계속 드는 걱정은 어머니에 대한 미안함이다. 극도로 싫어할 것이 분명하시고 부모님을 욕보이는 행위일 수도 있기에. 그렇지만서도 어머니가 이해해 주실 것이라는 사실을 나는 알고 있다. 그래서 덤덤하게 써 나간다.

언젠가 '힘들었던 건 우리뿐만이 아니라고, 대부분의 사람들이 고통을 이겨내며 살아가고 있고, 그것이 부정할 수 없는 삶의 한 부분이라고' 이야기 해주었던 사람이 어머니였으니까.

두 분을 원망했던 지난날을 다시 한 번 반성하고, 고통을 겪고 있을 수많은 사람들에게 희망을 전해주고 싶다. 당신은 어떠한 고통이든 이겨낼 수 있는 용기 있는 사람이라고.

불행한 이들에게

찢어지게 가난했던 경험, 심하게 학대를 당해 봤다거나, 예상치 못한 젊은 나이에 소중한 누군가를 잃어 본 경험 등등, 세상에는 수만 가지의 불행이 존재한다. 하지만 아쉽게도 불행했던 기억은 쉽게 지워지지 않는다. 그래도 긍정적인 사고방식을 가지고 생각해보자면 불행에서 조금이라도 벗어났을 때, 어렴풋이나마 희망의 빛이 떠오른다는 사실이 존재한다. 아주 작은 차이일지라도 보다 나아진 현실을 또렷이 인식하다보면 어느새 사소한 즐거움에도 웃을 수 있는 상황을 맞이할 수도 있다.

현재 내 삶이 뚜렷한 이유 없이 불만족스럽다면 반대로 너무 편안한 삶을 살아 온 것은 아닌지 의심해 보는 것은 어떨까. 보통 사람들은 행복해 보이는 남들과 불행한 자신을 비교하지만, 불행을 경험해본 사람이라면 가장 불행했던 과거의 자신과 현재의 나를 비교하게 된다. 오랜 시간이 걸릴지라도, 그렇게 조금씩 나아지는 자신을 발견하고 행복에 대한 의미를 조금씩 이해하게 된다.

많은 사람들이 '과거'를 불행하게 보냈고 '현재', 그리고 '오늘'을 가장 불행하게 보내고 있을지도 모른다. 그러한 날들은 자신 안에 새겨져 고통스러운 기억으로 남을 것이다. 하지만 역으로 행복의 근원을 탄생시킬 원석이 되어 줄 수도 있다는 사실을 기억하길 바란다.

트라우마는 누구에게나 존재한다. 그리고 현재라는 삶은 누구에게나 버거운 법이다. 때문에 가장 중요한 것은 내 자신이 그 불행들을 어떻게 다룰지의 문제이다. '긍정적 마인드'란 것이 언제부터 시답지 않은 헛소리로 받아들여졌는지는 모르겠지만 나는 아직까지, 아니 인류가 생존하는 한, 자기 자신을 믿고 긍정적인 방향으로 나아가려는 사고방식이 삶을 한층 더 윤택하게 만들어 주리라 믿어 의심치 않는다.

오늘도 불행하다고 느끼는 많은 사람들에게 약간은 다른 생각(뻔한 생각일지도)을 제공하고 싶었습니다. 사실 제 생각에 대한 정의를 내릴 때면 자주 망설이게 됩니다. 생각은 언제나 변하기 마련이니까요. 제 짧은 소견으로 아무 이야기나 지껄이지 않았나 싶기도 하지만 불행하다고 느끼는 많은 사람들에게 진심으로 응원하고 싶은 심정을 담아 보려고 했습니다. 그렇게 느껴지지 않는다면, 알량한 한 개인의 가벼운 상념이겠거니 하고 너그럽게 넘어가 주시길.

REMEDIOS

"오겡끼데쓰까…아…아…와타시와 겡끼데쓰…데에…쓰"

우리나라 사람들에게 가장 친숙하고 유명한 일본영화를 대라면 단연 <러브레터>이다. 이 영화가 우리나라에서 유명세를 타게 된 계기는 당시 '일본 대중문화 개방정책'으로 인해 마치 굳게 닫혀 있던 판도라의 상자가 열린다는 일종의 기대감도 한몫 했겠지만, 단순하게 말하자면 영화 자체가 훌륭하기 때문이 아닐까 생각한다.

이 영화는 이와이 슌지가 자신의 소설을 영화화 한 작품이기에 스토리가 다소 복잡하고 환상적으로 느껴질 수도 있는데, 스토리가 좋고 나쁘고를 떠나서 영화를 본 많은 사람들이 공감하는 포인트가 한 가지 있다.

'이상하게 영화 속 장면들이 뇌리에 남는다.'

개인적으로 평가하자면 러브레터는 이와이 슌지의 연출력이 최고조에 달한 영화이다. 하지만 모든 것이 그 혼자만의 능력이 아님은 분명하다. 이 영화가 관객들의 기억에 잔상을 남기는 이유는 <4월 이야기>를 비롯하여 이와이 슌지의 대부분의 작품을 함께 한 '시노다 노보루'라는 촬영감독의 영상미, 그리고 '레메디오스'라는 음악감독의 OST 덕분이다. 이 두 가지가 이와이 슌지의 연출력과 절묘한 조화를 이루기 때문에 영화를 보는 내내 관객들의 눈과 귀를 사로잡을 수 있었던 것이다. 그래서 영화가 지루하고 재미없다고 느낄지언정, 영화 속 아름다운 영상들과 음악만큼은 뇌리에 남게 된다. (사실 러브레터의 리뷰를 쓰자면 한도 끝도 없을 것만 같아서 이제부터는 제가 좋아하는 레메디오스라는 작곡가에 대해 쓰려 합니다.)

만약 내일 당장 무인도에 떨어져 나 홀로 생활해야만 한다면, 오로지 음악앨범 한 장만 챙길 수 있다면, 나는 망설임 없이 레메디오스의 '러브레터 OST'를 챙겨서 떠날 것이다.

이 레메디오스라는 나름 베일에 싸인 음악감독을 누군가는 나이가 지긋한 영화음악계의 거장 '엔니오 모리꼬네' 같은 인물로 상상하기도 하는데, 정작 그녀는 아이돌 가수 출신(물론, 싱어송라이터)이며 러브레터 OST를 작곡할 당시에도 채 서른이 되지 않았다. 본명은 '호리카와 레이미'로 고등학생 때부터 음악활동을 시작하였고, 이와이 슌지와는 자신의 뮤직비디오를 찍어주는 감독으로써 처음 연이 닿게 되었다고 한다. 'REMEDIOS'라는 가명은 이때부터 사용하기 시작했다.

그녀의 음악적 역량은 이와이 슌지와 함께 하면서부터 본격적으로 발휘된다. 그녀는 러브레터에 앞서 이와이 슌지의 출세작 <쏘아올린 불꽃, 밑에서 볼까? 옆에서 볼까?>의 OST를 담당하면서 REMEDIOS 라는 이름을 사람들에게 각인시켰다. 어린 시절의 추억과 감성을 불러일으키는 이 영화는 이와이 슌지의 작품 중에서도 '여름'하면 떠오르는 대표작인데(프랑스 영화 '라붐'을 좋아하는 사람이라면 재밌게 볼 수 있어요), 여기서 중요한 점은 레메디오스의 OST가 이 영화를 거의 다 살려냈다고 해도 과언이 아니라는 사실이다. 이와이 슌지는 그녀에 대해 '천재의 결정체'라고 표현했다. 그만큼 그녀가 만들어내는 음악의 힘은 실로 대단하다.

작품의 OST 중 'Forever Friends' 라는 곡은 꼭 한번 들어보길 바란다. 나름 유명한 곡으로 그녀의 청량하면서도 감미로운 목소리를 들을 수 있다. 우리도 '천재의 결정체'가 만들어낸 작품을 한번쯤은 즐겨봐야 하지 않겠는가.

불법다운로드가 당연시되던 2000년대 초반 시절, 나는 뉴에이지 음악에 한창 빠져있었다. 그러다 우연치 않게 'He Loves You So'라는 곡을 다운받아 듣고는 그만 매료되어버렸다. 어쿠스틱 기타와 클래식 기타만으로 이루어진 연주곡이 너무나도 감미로워서 '도대체 이 레메디오스라는 작곡가는 어떤 인물인가'에 대한 궁금증이 가시질 않았다. 나중에 이 곡에 대한 정보를 파헤치다 보니 러브레터 OST라는 것을 알게 되었고,

그렇게 보지도 않은 영화 OST를 구입해서는 주구장창 듣다가 나중에서야 영화를 보게 되었다(네, TMI입니다).

자, 여기까지 꾹 참고 읽으신 독자라면 한마디 할 것이다. '아니, 그래서 어쩌라고. 뭣 땜에 이딴 지루하기 짝이 없는 글을 쓰고 앉아 있는 거야' 라고. 사실을 밝히자면 레메디오스의 음악이 에세이와도 아주 잘 어울린다는 '정보'를 알리고 싶어서다. 아름다운 선율이 분위기 있는 글을 한층 더 무르익게 해주는 역할을 하기도 하고, 가끔 글이 따분하고 눈에 들어오지 않을 때는 음악을 들으며 잠시 휴식을 취할 수 있는 여유를 제공하기도 한다. 그래서 나는 빈번히 러브레터 OST를 들으면서 책을 읽는다.

사실 레메디오스의 음악과 함께 제 책을 읽어 주시진 않을까, 하는 기대감으로 쓴 글일지도 모르겠네요. 그러하니……. 자, 이어폰을 꽂으세요.

참고로, 러브레터 OST의 타이틀곡이라고 볼 수 있는 'A Winter Story'는 유키 구라모토의 곡이 아닌 레메디오스의 곡입니다.

후원을 한다는 것

'여러분의 작은 도움이 저희에게 큰 힘이 됩니다.'

사람이 사람을 돕는 행위만큼 아름답고 인간적인 일이 또 있을까. 누구나 인생을 살아오면서 한 번쯤은 타인에게 도움을 준 경험이 있을 것이다. 그럴 땐 상대방으로부터 진심어린 감사의 인사를 받기 마련이다. 가끔은 그런 사소한 답례가 마음 한편에 따스한 온기를 더해주고 삶의 긍지를 심어 주기도 한다.

그런데 만약, 정기적으로 오랜 기간 타인을 도와야만 한다면? 어떠한 보답도 없이 나의 소중한 시간이나 돈을 누군가에게 소비해야만 한다면? 벌써부터 신경이 곤두설지도 모른다. 빡빡한 일상으로 인해 자신만의 시간조차 현저히 부족한 현대인, 혹은 고작 몇백 원 아끼려고 눈알 빠지도록 인터넷 최저가를 찾아 헤매는 사람들에게 누군가를 꾸준히 도와야만 한다는 의무가 주어진다는 것은 일종의 압박감으로 다가올 수도 있다. 스트레스 받아가며 굳이 남을 돕고 싶어 하는 사람이 얼마나 있을까. 현실은 영화나 드라마처럼 감동적이지만은 않다.

늦은 밤, TV를 틀면 이따금 어려움에 처한 사람들을 마주할 수 있다. 화면 상단에는 구호의 손길을 기다리는 단체의 이름과 연락처가 적혀있고 방송은 그들의 지독한 실생활을 여과 없이 비춰준다.

국가, 성별, 인종의 구분은 중요치 않다. 기생충이 득실대는 구정물을 뜨기 위해 1시간 이상을 맨발로 걸어 다니는 아프리카 소년부터, 희귀성 난치병을 가진 아이를 키우는 대한민국 어느 부모의 모습까지. 아름다운 푸른 별의 절반이 하루하루 고난과 역경을 이겨내며 살아가는 사람들로 이루어져 있다는 사실에 적잖은 충격을 받는다. 마치 샤워를 마친 후 '아이고, 오늘도 고된 하루였네' 라며 따스한 잠자리에 누우려고 이불을 펼치는 내 뒤통수를 누군가 힘껏 후려 친 느낌이다.

지금도 방영되고 있는 후원 방송들은 내가 얼마나 행복한 환경을 누리며 살고 있는지를 다시 한 번 상기시켜준다.

대부분의 사람들이 방송을 보면서 안타까워한다. 기부에 대해 잠시나마 망설이기도 한다. 하지만 모든 감정은 그 순간의 찰나일 뿐, 채널을 돌려버리거나 방송이 끝남과 동시에 이성을 되찾는다. 심장을 쥐어짜낼 듯이 먹먹했던 감정도 지갑이 열리는 상상과 함께 소리 없이 증발해 버리고 만다.

'나도 힘든데 기부는 무슨, 어차피 기부해봤자 저 사람들한테 안 돌아가.'

월 200을 벌든 500을 벌든 모두가 한 목소리로 하소연한다. 나도 힘들다고, 지금 내가 죽게 생겼다고.

뭐, 어느 정도는 이해한다. 지옥 같은 그들의 현실을 목격하고도 태연하게 TV 채널을 돌리는 사람이 비단 당신만은 아니니까. 또한 삶이란 누구에게나 고난을 안겨 준다는 사실은 변함없으니까. 그만큼 기부는 쉽지 않은 일이다. 대담한 용기와 굳은 의지를 필요로 하는 행위임에 틀림없다.

6년 전쯤, 처음으로 기부를 시작했다. 정확히 말하자면 정기 후원이다. 당시 아르바이트를 하면서 대학교를 다니다가 집안 사정이 심각하다는 사실을 뒤늦게 인지하고 휴학을 신청했다. 그리곤 주구장창 일만 하던 시절이었다. 나 또한 매번 방송을 접하면서도 갈팡질팡 망설였었다. 그러다 어느 날 큰 맘 먹고 NGO 단체를 검색해서는 무심코 후원을 신청해버렸다. '후원을 해볼까'라고 처음 생각한 때로부터 적어도 3,4년은 지난 후였다. 아이로니컬한 사실은 형편이 그나마 괜찮았을 때는 그렇게나 망설였는데 경제 상황이 최악으로 치달을 때 덜컥하고 신청해 버린 것. 아직도 잘은 모르겠지만 그 당시 '지금'이 아니면 영영 못할 것만 같았다. 어쩌면 내 자신이 힘든 상황에서 나보다 더 어려운 사람들을 보고 용기를 얻었을 수도 있고, 어려운 삶을 같이 이겨내 보고자 하는 희망이 깃들어 있었을지도 모른다.

처음 후원을 하게 되면 고심 끝에 후원을 결정한 내 자신에게 큰 만족감을 느낀다. 나의 후원으로 그들이 얻게 될 혜택들을 알아보고 해맑게 기뻐하는 얼굴들을 상상한다. 나는 이제 보통 사람과는 다른 존재. 사회적 약자를 돕는 훌륭한 후원자가 된 것이다. 주변인들에게 맘껏 자랑도 해보고 후원을 권하기도 한다. 남을 도와주는 행위가 곧 나의 행복이 되는 신비스러운 마법을 경험하기도 하고, 난 역시 멋진 사람이라고 되뇌며 스스로에게 빠져 헤엄치는 시간도 제법 오래 간다.

하지만 시간이 지날수록 금전적으로 쫓기게 되면서 조금씩 예민해지기 시작한다. 내가 아는 후원자들의 대부분은 가난한 대학생이거나 시원치 않은 벌이에도 불구하고 한 푼 두 푼 아껴가며 후원하는 사람들이다. 한 달에 몇 만원이 우스워 보일지도 모르지만 100원 짜리 동전 하나도 함부로 쓸 수 없는 상황이 되면 만 원짜리 한 장 꺼내는데도 손이 덜덜덜 떨리게 되는 법. 나는 결국 자랑을 뽐냈던 친구들로부터 놀림을 당했다.

"너 아직도 후원하고 있냐? 내 생각엔 네가 후원을 받아야 할 것 같은데."

사랑스런 친구들을 욕할 순 없다. 친구들이 없었다면 후원을 중단해야 했을지도 모르기 때문이다(후원을 중단했다가 재개하는 것도 가능합니다). 그때의 나는 후원을 하는 동시에 친구들에게 밥과 술을 후원받는 놈이었다. 인생을 살면서 양아치라는 소리를 가장 많이 들었던 시기이지만 우정의 소중함을 일깨워준 값진 시간들이기도 했다. 너희도 후원에 동참한 거나 마찬가지다, 친구들.

해외 아동의 경우 1:1 정기 후원을 할 수 있다(국내 아동도 가능해요). 후원을 하게 되면 아동의 신상정보를 받고 펜팔을 하게 되는데 담담하게 적은 일상적인 내용과 직접 그린 귀여운 그림을 받아 볼 수 있다. '오늘은 이런저런 일을 해서 너무 즐거웠어요, 모두 후원자님 덕분이에요.' 대략 이러한 내용의 편지가 온다.

아빠 미소를 짓게 한 첫 편지의 감동을 아직도 기억한다. 하지만 서로의 편지가 오가는 데 많은 시간이 소요되고 점차 날이 갈수록 펜팔은 자연스럽게 뜸해진다. 후원받는 당사국의 정책에 의해 갑작스럽게 후원을 할 수 없게 되는 경우도 더러 있다. 그렇게 되면 다른 나라의 새로운 아이를 연결해주고 몇 년간 정붙였던 아이는 영영 떠나보내야만 한다. 어떠한 방법으로도 소식을 들을 수 없다. 그때의 쓰나미처럼 밀려오는 허탈감이란······.

이렇듯 금전적인 문제 이외에도 후원을 계속 이어나가야 할지에 대한 고민에 빠지는 일들이 여럿 발생한다.

나는 왜 후원을 하고 있는 걸까, 하고 진지하게 생각해 본 적이 있다. 어려움에 처한 사람들을 위해서? 그들의 행복을 위해서? 물론, 최악의 상황으로부터 벗어나길 바라는 마음, 최소한의 교육은 받았으면 하는 바램과 같이 그들의 삶을 응원하기 위해 후원을 시작했다. 하지만 시간이 흐를수록 '오로지 나만을 위한 행위'에 지나지 않았나 하는 고민에 빠졌다. 나는 그들에 대한 동정심을 이용하고 있는 것은 아닐까, 내 자신의 가치를 높이려는 수단으로써 후원을 지속하고 있는 것은 아닐까, 하고.

'후원이라는 아름다운 행위의 본질이, 그 상태, 그대로 남아주길.'

지금의 나는 더 이상 누구에게도 후원한다는 사실을 밝히지 않으며 후원 자체에 크게 의미를 두지 않는다. 자선을 베푼다면 아는 사람보다는 모르는 사람에게, 가까운 사람보다는 최대한 멀리 떨어진 사람에게 베풀려고 한다. 아무런 보상을 바라지 않고 단지 주는 것만으로도 느낄 수 있는 행복, 그러한 행복의 진정성을 티끌만큼이라도 배우고 싶은 마음이다. 그러한 마음을 가지고 누군가를 돕는 행위야말로 '참다운 동정'임을 느낀다.

후원이라는 행위를 애써 강요하고 싶진 않다. 하지만 내 경험을 빗대어 말하자면, 후원이란 행위를 통해 어디서도 발견하지 못할 본연의 내 자신과 마주할 기회를 얻을 수 있고, 여러 가지 우여곡절을 겪을지도 모르지만 그만큼 경험해보지 못했던 새로운 감정들을 만날 수 있다. 일주일에 한두 번 마시는 커피 한잔 값으로 할 수 있는 값진 인생 공부라고나 할까.

'선을 행하는 데는 나중이라는 말이 필요 없다'라는 괴테의 말처럼 혹시라도 마음이 있다면 하루라도 빨리 그 예쁜 마음을 보여주었으면 좋겠다. 그리고 보다 나은 세상을 만들기 위해 노력하는 사회의 일원이 되었다는 기쁨을 꼭 누릴 수 있었으면 좋겠다. 금액은 중요치 않다. 중요한 건 그들이 조금이나마 인간적인 삶을 살아갈 수 있기를 소망하는 우리의 마음이다.

야광별

부모님은 어렸을 때부터 친구들과 노는 것에 관대했다. 오히려 하루 온종일 나와 어울려 놀아주는 친구들에게 고마워했다. 맞벌이 장사를 하는 부모님은 밤 10시가 넘어야 일을 끝마칠 수 있는 여건이다 보니, 집에 어린 외동아들 혼자 덩그러니 있을 상황이 꽤나 신경 쓰였던 것이다. 그렇게 부모님이 함께 해주지 못한 많은 시간들을 친구들이 채워 주었고, 자연스럽게 친구를 우리 집에 데리고 와서 자는 일도 비교적 자유로웠다. 나 또한 친구네 집 여러 곳에서 잠을 청했는데, 그중 오랫동안 기억에 남는 집이 있다.

개화동 산등성이 밑, 반지하에 위치했었던, 한때 내가 밥 먹듯이 들락날락 했었던 친구네 집. 그 집에 대한 수많은 추억 중에서도 나는 천장에 붙어있던 야광별을 잊을 수가 없다. 내가 태어나서 야광별을 처음 목격한 곳이 그곳이었으니까. 내 추억이 서려있던 그 집, 지금은 사라졌겠지…….

당시엔 날아다니는 잠자리를 구경하며 잠자리의 이름 맞추기 하나에도 즐거워했던 순수한 시절이었다(그러고 보니 요즘은 고추잠자리가 안 보이네요). 처음 친구네 집에서 자던 날, 대낮부터 친구는 '이따 저녁이 되면 정말 멋진 걸 보여줄게' 하고는 나의 기대심리를 한껏 부풀렸다.

어느새 우리를 보듬어주었던 햇님과는 잠시 인사를 하고 또다른 즐거움을 선사해 줄 달님을 맞이하는 시간이 다가왔다. 친구는 '잘 봐' 하고는 마법을 부리는 요란한 소리를 내며 방안의 스위치를 내렸다. 딸깍 소리와 함께 천장이 온통 형광빛으로 물들었다. 그 빛들은 작은방 전체를 감싸 안았다. 환상적이었다. 형광빛 아래 친구의 얼굴이 또렷이 보였고, 우린 서로 마주보며 바보같이 웃었다. 그렇게 사이좋게 야광별 아래 누워 이런저런 이야기를 나누었다. 그러다 별이 서서히 빛을 잃어갈 때쯤이면 누가 먼저라 할 것 없이 꿈나라에 빠져들곤 했다.

야광별의 참맛을 몇 번 경험한 후 부모님께 야광별을 사달라고 졸랐다. 그것도 아주 많이. 나는 손에 넣은 야광별 뭉치를 들고 의자 위로 올라가 내 방 천장에 덕지덕지 붙였다. 그리곤 야광별에 자연광을 비롯한 여러 불빛들을 충분히 쐬어 주며 해가 지기만을 기다렸다. 고대하던 밤이 다가왔고, 나는 침대에 눕기 전 경건한 마음으로 전등의 스위치를 내렸다. 딸깍.

"그래, 이 느낌이야, 아, 행복해."

이젠 내 방에서도 황홀함을 맛볼 수 있었다. 나는 한동안 야광별님들의 손길 아래 꿀맛 같은 밤들을 보낼 수 있었다.

꿈나라

혼자 있어도
까만 밤이 무섭지 않아요

천장을 떠다니는 야광별
우수수 떨어지면
빛나는 내 두 눈에
꿈나라 지붕이 열려요

오늘은 어디로 여행을 갈까요

포근한 침대 타고
별바다를 헤엄쳐
은하수를 건너면

조금씩 눈꺼풀이 감겨요.

솔직히 말하면, 나중엔 야광별이 익숙하다 못해 질려 버려서 모두 떼어냈다. 지금에 와서 곰곰이 생각해보니 역시 야광별보단 나와 함께 수다를 떨어주고 어울려준 옛 친구, 그 친구와 함께 했던 시간들이 황홀했던 건지도 모르겠다.

너와 나, 그리고 야광별,
모든 추억들은 이토록 사소한 것 하나에 담겨진다.

이제 더 이상 동시는 나오지 않으니까 안심하세요.

별이 존재하는 이유

가을 저녁 선선한 바람에 기분이 들떠 집 앞 공원을 찾는다.
벤치에 앉아 이어폰을 꽂고 밤하늘을 올려다본다.
청명한 밤하늘에 떠 있는 무수히 많은 별.
얼마 만에 고개를 들어 하늘을 바라봤는지.
서울 하늘에도 이토록 별이 많았는지.

언제부턴가 지그시 하늘을 올려다 볼 여유를 잃어버렸다.
세월의 흐름과 함께 내 자신도 조금씩 잊혀져가는 걸까.

그렇게 혼자 상념에 잠겨 있던 도중 콜드플레이의 Yellow가
나지막하게 들려온다.

'look at the sky, look how they shine for you'
(저 별들을 봐, 저들이 너를 향해 얼마나 빛나고 있는지)

그렇지. 별은 자기 혼자 잘난 맛에 빛나는 게 아니지. 누군가를 위해 빛나고 있는 거지.

아주 가까운 곳에서, 그리고 조금 먼 곳 어딘가에서 항상 나를 빛내주고 있는 사람들처럼.

밤하늘의 별은 늘 같은 곳, 같은 자리에서 나를 비추고 있다는 사실을 잊지 말아야지.

시간의 흐름과 함께 스쳐 지나가고 사라졌을지 모르지만
나에게 추억을 선사해주었던 존재들.

사소한 한마디로 순간순간
나를 빛내주었던 고마운 사람들.

파랗게 물든 밤하늘 멀리
그 모든 별들을 떠올려 본다.

자존감

　소개팅이란 남녀가 사랑을 꽃피울 수 있는 기회의 수단이다. 하지만 냉정하게 말하자면 생판 모르는 두 사람이 만나 서로를 평가하는 행위에 지나지 않는다. 소개팅을 하는 사람이라면 누구에게나 양자택일의 방식이 적용되어 승낙 혹은 거절의 표현 중 하나를 선택해야만 한다. 연애상대로 인정받으면 하늘을 나는 기분일 테고, 차이게 되면 그대로 나락행이다. 이렇듯 자존감의 변화무쌍을 경험하기에는 소개팅만 한 것이 없다.

　보통 소개팅의 첫 단계는 주선자를 통해 상대방의 사전정보를 파악하는 단계이다. 두 번째는 주선자가 참석하는 자리가 아닌 이상 의례적으로 상대방의 얼굴이 나온 사진을 주고받게 된다. 최근에는 보정기술이 발달하면서 사진에 대한 신뢰도가 현저히 떨어졌지만 어찌되었든 상대방을 만나기 위해선 기본적인 얼굴 윤곽이라도 알아야 편리하다.

　대학교를 다닐 때 언젠가 한 번 소개팅이 잡혔었다. 나는 주선자인 친한 학교동생을 통해 사진을 주고받았다. 평범해 보이는 여성의 사진. 상대방에 대한 기대감보다는 오랜만에 하게 될 소개팅에 잠시 설렜다. 다음날인가 동생을 다시 만났다. 헌데 그 낯빛이 꼭 죄지은 사람 마냥 그늘이 졌었다. 얼굴색이 안 좋다고, 어디 아프냐고 물었더니, 뜬금없이 나에게 정말 미안하단다. 상대방 측에서 나의 사진을 봤는데 도저히 자기 스타일이 아닌 것 같아서 소개팅을 못하겠단다.

아⋯⋯@#$@#!$

그래, 뭐 이해한다. 자신의 취향이라는 것이 엄연히 존재하는 법이니까. 나는 그럴 수도 있다고, 나한테 미안할 필요까지는 없다며 오히려 동생을 달래주었다. 정말 별일 아니라고 생각했다. 세상 살다보면 이런 저런 그지 같은 상황들이 발생하기 마련이니까. 그렇게 멋있고 쿨하게 넘기려고 마음먹었는데 처음 겪는 일이라 그런지 마음이 내 뜻대로 움직이지 않았다. 우울감이 밀물처럼 서서히 밀려왔다. 가끔 거울을 보면서 '이 정도면 잘생겼지'라며 자위하는 흔한 남정네였기 때문이었을까. 버스에 몸을 싣고 집으로 가는 내내 패배자가 된 기분이었다. 씁쓸하고도 한심했다. 흡족한 미소와 함께 꽃미남 같이 나온 사진이라며, 동생에게 당당하게 핸드폰을 들이밀었던 바보 같은 내 자신이 자꾸만 떠올랐다.

결국은 그날 밤, 동네 친한 형들을 만나 쌍욕을 남발하면서 밤새 술을 들이 부어댔다. '도대체 내가 어디가 어때서, 내가 뭐가 모자라서, 그지 같은 것이 만나보지도 않은 주제에 거절을 하다니……. ' 나는 대학 생활 내내 바닥을 기는 수준의 자존감을 보유하고 있었다. 늦은 나이에 돈 없는 대학생이었던 이유가 가장 컸지만, 지금 와서 생각해보면 저때 사진만으로 매몰차게 거절당했던 쓰라린 경험도 크게 한몫했다.

과연 자존감이란 놈은 타고나는 것인지, 아니면 주위 환경에 의해 만들어지는 것인지 곰곰이 생각해 본 일이 있다. 그리곤 자존감은 타인에 의해 형성되는 것이라는 우선적인 결론에 이르렀다. 이유인 즉, 잘난 맛에 여태껏 살아온 강철 멘탈을 가진 나란 인간도 한 순간에 바닥을 기어야만 하는 굴욕감을 맛보았기 때문이다. 근거 없는 자신감만은 누구에게도 뒤처지지 않았던 나였는데 말이다.

이 자존감이란 놈은 흔히 외적요소와 내적요소로 구성되어 이것들이 서로 얽혀있는 모습으로 나타난다. 간단하게 말해 현재의 외모(외적 요소)와 사회적 위치(내적 요소)로 한 인간의 자존감은 끊임없이 재형성된다고도 볼 수 있다. 그리고 그것들을 평가하는 행위자들은 오로지 타인이다. 근자감(근거 없는 자신감)의 수준이 신의 경지에 오르지 않는 이상, 타인의 평가를 무시하긴 여간 어려운 일이 아니다.

예를 들어 지나가던 행인이 갑자기 나를 붙잡고는 "진짜 못생겼네요"라며 악담을 하고 사라진다면 '완전 미친놈 아니야'

라는 생각을 할 것이다. 하지만 그보다도 먼저 스마트폰 화면으로 자신의 얼굴을 확인해 볼지도 모른다. 혹시라도 뭐가 묻은 건지, 아님 정말 못 봐줄 정도로 내 얼굴이 못난 건지.

이렇듯 주위 사람들의 사소한 말 한마디, 혹은 굳이 타인이 끼어들지 않는다고 해도 대중매체나 SNS 같은 곳에서 흘러나오는 쓸데없는 정보들에 의해 우리의 자존감은 지렁이처럼 바닥을 기어 다니곤 한다. 자존감이 아무리 높았던 사람도 깃털 같은 펀치 한방에 훅 나가떨어지는 것이다. 자존감이 높았던 것은 과거의 나 자신일 뿐, 자존감이라는 놈은 적나라하게 현재를 반영한다. 자존감에 있어서 왕년이라는 시절은 흔적도 없이 사라지고 초라한 현실만이 남을 뿐이다.

자존감은 타고 나는 것이 아님에 분명하다. 타인의 영향을 받을 수밖에 없다. 그렇다고 온전히 타인에 의해서 결정되어진다고도 볼 수는 없다. 자존감이란 중세시대에 타인의 침입을 막기 위해 높고 단단하게 쌓아올린 성처럼, 공격받으면 더욱더 견고하게 쌓아올려야만 하는 일종의 노력이지 않을까 생각한다. 타인이라는 행위자에 맞서 끊임없이 투쟁하여 지켜내야만 하는 귀중한 자신만의 가치라고나 할까. 그 의지와 마음가짐이 쉽지만은 않겠지만, 끊임없이 노력을 기울이다보면 자연스럽게 발견되는 사실들이 있다.

'나만의 성일지라도 나 혼자 외로이 쌓아가는 것은 아니라는

사실. 소중한 가족을 비롯한 여러 사람이 동참하여 서로가 서로를 보듬어 주고 있다는 사실.'

　이러한 사실들로 인해 나는 더욱더 힘을 내어 자존감이라는 성을 쌓아가고 있는 건지도 모른다.

　따지고 보면 나는 지극히 평범한 얼굴이다. 남들보다 작은 눈을 가지고 있다. 가끔 시선을 아래로 향하면 "지금 졸고 있는 거 아니지?"라는 이야기를 자주 들었다. 그럴 때마다 눈을 부릅떠 보거나 자력으로 인위적인 쌍꺼풀을 만드는 연습을 했다.
　또한 나는 광대뼈가 큰 편이다. 예전에 외국인 친구들이 "넌 딱 한국사람 같이 생겼어"라고 말할 때면 그 의미를 추측해 보곤 했다. 아무래도 그 영광은 큼지막하고 돌출된 광대뼈 때문이지 않을까. 매번 거울을 보고 손바닥에 힘을 주어 양쪽 광대뼈를 벅벅 문지르곤 했다. '작아져라, 작아져라, 제발 좀 작아져라' 주문을 외우면서.
　광대뼈가 크다보니 머리 또한 큰 편이다. 심지어 얼굴은 정월대보름에 두둥실 떠 있는 보름달처럼 넓적하다. 하지만 이건 도무지 방법이 없다. '남자라면 자고로 얼굴이 커야 하지 않겠어?' 라는 혼잣말로 자기 위안을 삼을 뿐이다.
　하지만 무쌍의 밋밋한 얼굴을 좋아하는 사람도 있더라. 아니, 많더라. 돌출된 광대뼈는 얼굴 형태의 중심을 안정감 있게 잡아주는 역할을 하기도 하고, 넓적한 얼굴과 큰 머리는 앞으로 생기게 될 연인이 좋아해 줄 것이 틀림없다. 그녀의 얼굴이 작아보이게 만드는 마법을 선사할 테니까.

그 외에도 나는 남들보다 어깨가 조금 넓은 편이고 손가락도 길고 예쁜 편이며, 군대에서 축구하다가 코가 부러져 살짝 휘긴 했지만 덕분에 콧대가 좀 높아졌다. 왼쪽에서 보면 살짝 코끼리 코같이 낮고 길쭉해도 오른쪽에서 보면 우뚝 솟은 콧대의 날렵함에 감탄하기도 한다. 고로 글을 쓰고 있는 지금 이 순간에도 나는 생각한다.

'이정도면 잘생겼지, 암, 잘생기고말고.'

두 귀를 닫고 어느 정도의 뻔뻔스러움과 자뻑에 취해 살아보는 것도 나쁘지 않다. 착각일지라도 정말 멋진 사람이라는 것을 자각해가며 스스로 한 번쯤은 느껴봐야 자신의 매력이 무엇인지 발견할 수 있다. 이 세상에 매력 없는 사람이란 존재하지 않는다.

고난과 역경의 상황을 극복하는 수단으로 자신의 의지만한 것이 있을까. 그 무거운 의지의 걸음을 뚜벅뚜벅 걸어 나가는 당찬 용기만한 것이 있을까. 자존감은 말 그대로 떨어질 뿐, 굳은 의지와 용기로 다시 끌어올리면 된다. 성이 무너지면 다시금 더 견고하게 쌓아가듯이.

물론 그 과정이 쉽진 않겠지만 나는 지금도 그렇게 살아가고자 한다. 높은 자존감을 지켜나가기 위한 나만의 유일한 방법이다.

　자기 합리화나 정신 승리 같은 것들, 자존감에 있어선 꼭 필요한 요소들이지 않을까요.

현재, 바로 지금

어릴 적부터 야외에서 뛰어 놀기를 좋아했다. 놀이터에서 뒹굴는 것은 기본, 롤러브레이드를 타다가 무릎이 까지기 일쑤였고 자전거를 타다가 넘어졌는데 하필이면 머리를 땅에 박아 피를 철철 흘린 적도 있었다(아프진 않았는데 피를 보는 순간 엉엉 울었다). 문 모서리에 새끼발가락을 찧어 피를 본 일은 셀 수 없을 정도로 활발한 성격이다 보니 자연스럽게 스포츠도 좋아했다. 잘하진 못해도 종목을 가리지 않고 즐겼다. 적어도 군대에서 축구를 하다가 부사관의 팔꿈치에 내 코뼈가 부러지기 전까지는 말이다. 그 당시 활처럼 휘어서는 퉁퉁 부어올랐던 코를 생각하면 "과자를 주면은 코로 먹지요"라는 동요가 절로 나올 정도였으니……. 참으로 끔찍했다. 그 이후로는 축구는 물론이거니와 몸을 부대끼는 야외활동은 웬만하면 피하게 되었다. 오랜 시간이 지나 복싱도장을 조금 다니긴 했지만.

그렇게나 스포츠를 좋아했지만 이상하게 시청하는 일은 즐기지 못했다. 직접 내 몸을 쓰는 것이 아니고 눈으로만 멍하니

보고 있으려니 영 못마땅했던 것이다. 단, 격투기는 제외였다. 격투기는 보고만 있어도 마치 내가 링 위에 올라가 있는 듯 팽팽한 긴장감이 감돌았다. 그래서 격투기 이외에는 다른 종류의 스포츠가 내 마음에 비집고 들어올 틈이 없었다. 어찌됐든 10년이 훌쩍 지난 지금도 나는 UFC만은 꼭 챙겨 본다.

좋아하는 선수는 손에 꼽지 못할 정도로 많지만 그중 한 명만 선택하라면 역시 '앤더슨 실바'이다. 브라질 출신의 선수로 가난했던 어린 시절엔 태권도장 청소를 하며 배운 태권도를 기반으로 격투기 선수가 된 일화는 이미 유명하다.

그는 여러 단체들을 거쳐 UFC에 입성했는데 첫 경기 만에 당시 강자였던 '크리스 리벤'을 말 그대로 가지고 노는 수준의 경기력을 보여주었다. 그 다음 만난 상대가 미들급의 절대강자이자 챔피언이었던 '리치 프랭클린', 꽤나 흥미진진한 경기가 되리라 예상했던 내 기대와는 달리(물론 경악을 금치 못했지만) 싱겁게 끝나버렸다. 앤더슨 실바는 마치 '어이 프랭클린 쉐프, 내 무릎에서 어떤 맛이 나는지 평가 좀 해주지 않겠어?'라고 말하는 듯 다가가 무에타이 클린치를 활용한 니킥을 얼굴에 수차례 꽂으면서 손쉽게 이겨버렸다.

그 이후에 10번에 걸친 타이틀 방어전이 열렸지만 단지 '앤더슨 실바에게 격투기의 참교육을 받을 수 있는 뜻 깊은 시간'정도로 밖에 느껴지지 않았다. 상대가 누구든 이번에야말로 무너질까라는 생각보다 어떤 방식으로 상대방을 요리할까라는 기대감이 먼저 들었던 유일한 선수였다. 나에게 있어선 한마디로 격투기의 신이였다.

하지만 11차 방어전에서 만난 '크리스 와이드먼'(와이드먼은 정말 멋있었다)에게 어이없는 패배를 당하고, 다시 치러진 리벤지에서는 경기 도중 정강이가 부러지는 충격적인 사고마저 일어났다. 그때의 나이가 이미 마흔 살.

많은 사람들이 은퇴를 예상하며 격투기 선수로써의 실바는 더 이상 볼 수 없을 거라 했지만 1년 후, 재활 치료에 성공해 UFC에 복귀했다. 마흔 살 후반까지 활동했던 UFC의 전설 '랜디 커투어'처럼 자신만의 커리어를 쌓으려는 걸까. 예전만큼의 실력은 아니지만 마흔넷이 넘은 지금까지도 격투기 팬들의 많은 지지를 받으며 경기를 이어나가고 있다. 안타깝게도 약물 적발로 인해 많은 팬들이 등을 돌리기도 했지만.

격투기 팬들은 앤더슨 실바의 전성기는 이미 저물었다고 평가하고 나 또한 동의한다. 실바를 비롯한 유명인들에겐 그 분야에 있어서 전성기라는 것이 존재하니까. 그러다 문득 '나와 같은 평범한 사람들에게도 전성기라는 게 있는 걸까' 하는 의문이 들었다. 그래서 살아온 과거를 하나씩 파헤쳐 보았지만 역시나 나란 인간에게 전성기는 없어 보였다. 집어내고 싶어도 어느 한 부분만을 콕 집으라고 하면 망설이게 된다고 할까.

솔직하게 말하자면 아직 다가오지 않은, 영영 다가오지 않을지도 모르는 황홀한 전성기를 마냥 꿈꾸며 기대하고 있는지도 모른다는 생각이 들었다. 그래서 나는 다짐했다.

'현재, 바로 지금이 전성기라는 마음가짐으로 살아가자.'

하나의 인생은 평범하고 무난해 보일지라도 자세히 들여다보면 그 안엔 수많은 우여곡절을 이겨내 온 흔적들이 있다.

하나의 인생은 그렇게 '현재'를 살아가고 있고 '지금'도 눈앞에 닥친 역경들을 온 힘을 다해 헤쳐 나가고 있다.

그러한 순간순간들이 전성기를 만들어낸다.

앤더슨 실바를 포함한 우리 모두는 가치 있는 자신만의 전성기를 보내고 있는 건 아닐까. 특별함이 담겨있는 시간들을 스스로가 창조해 나가며 전성기를 누리고 있는 건 아닐까.

현재, 바로 지금.

말 한마디

한 동안 글도 안 쓰고 여기저기 약속을 잡아 밖으로 나갔습니다. 무슨 연유인지 모르겠지만 좀처럼 글을 쓸 수 없었어요. 아마도 좋은 글을 써 낼 재간이 없는 제 자신의 한계를 마주했던 것 같아요.

떠돌이처럼 일주일을 계속해서 싸돌아다니다 결국 몸살이 났습니다. 솔직히 말하자면 몸살이라기 보단 술병이 났다고 표현해야겠죠. 그렇게 아침부터 술이 덜 깬 상태로 어머니의 볼멘소리를 들어야만 했어요. 불안정한 직장에 대한 걱정과 결혼은 언제 할 건지, 미래의 계획은 구상하고 있는지와 같은 제가 극히 싫어하는 이야기들만 골라서 절 혼내셨죠. 아무 대답도 할 수 없었어요. 그냥 죄송스럽고 제 자신이 한심했어요. 장염과 몸살기운을 동반한 근육통 때문에 너무 힘들기도 했고요. 저는 하루 종일 시체처럼 누워 있어야만 했고, 그날 밤 근육통 때문에 끙끙대며 온종일 잠을 설쳤습니다.

치열한 밤들을 보낸 후 시간이 얼마나 흘렀을까요. 보글보글 소리와 함께 청양고추를 넣은 북어국 냄새가 코를 간질이는 바람에 반쯤 깨어났습니다. 어느새 아침이 되었구나, 생각하곤 다시 눈을 감을 때쯤 어렴풋이 어머니의 혼잣말이 들려 왔어요.

　"글 쓰는 게 쉽지 않을 텐데, 직장 다니면서 글 쓰느라 얼마나 힘들겠어, 에휴."

　출근시간이 되어 어머니는 일터에 나가시고 저는 겨우겨우 일어나서 개운한 북어국 한 그릇을 뚝딱 해치워 버렸죠. 그리고는 바로 컴퓨터 앞에 앉아 이 글을 쓰고 있습니다. 한없이 부족한 아들, 솔직히 글 쓰는 재주는 없지만 어머니를 생각하며 힘을 내봅니다.

　이제 다시, 조금씩 써 나가보려 합니다.

존경에 대하여

　사람과 사람 사이에는 존경이라는 감정이 존재한다. 주로 이 감정의 대상은 부모님 아니면 스승이거나, 어떠한 특정 분야의 권위자, 혹은 발군의 능력을 인정받는 사람인 경우가 많다. 이처럼 누군가로부터 존경이라는 감정을 끄집어내려면 자신을 우러러보게끔 만드는 특별한 능력을 가지고 있어야만 한다.

　우리나라에서는 (유교사상의 영향 때문인지는 몰라도) 친구나 손아래 사람에게 존경이라는 표현을 쓰지 않는다. 절대로. 하지만 윗사람이라 해도 존경을 표하기 어려운 건 마찬가지다. 만약 누군가를 존경한다고 해서 그 사람에게 다가가 "진심으로 존경합니다."라고 표현할 자신이 있는가. 상상만으로는 쉬워 보일지 몰라도 막상 상황이 닥치면 실천하지 못할 것이다. 그만큼 존경이란 단어가 함축하고 있는 의미는 다분히도 점잖고 엄숙하며 경건하다고 할 수 있다.

　나는 부모님을 존경한다. 나에게 영향을 주는 작가들이나 철학자들, 그리고 뮤지션들을 존경한다. 이외에도 존경을 표하고 싶은 사람은 수두룩하다. 하지만 부모님을 포함한 다른 어느 누구에게도 존경을 드러낸 적은 없다. 존경을 표현하는 것은 마치 누군가에게 사랑을 고백하는 것만큼이나 부끄러운 일이니까. 헌데 그런 나에게 언젠가 친한 친구가 존경을 고백한 일이 있었다. 그것도 아주 진지하게. 물론 정신이 똑바로 박혀 있는 친구이다.

우리는 단골 횟집에서 인간관계에 대한 이야기를 시작으로 술잔을 기울였다. 당시 나는 마치 프로이트의 수제자쯤은 되는 것 마냥 인간심리에 관해 떠들어 댔다. 즐거웠다. 그 분위기는 내가 딱 좋아하는 진지함 속에 애정이 섞여있는 분위기였다. 아무튼 우리는 그 분위기에 흠뻑 빠져들었고 내 이야기를 들으며 미소 짓던 친구가 나지막하게 한마디를 건넸다.

"난 너를 진심으로 존경한다."

'이 새끼가 술이 취했나' 한 달에 두어 번은 술자리를 갖는 친한 친구의 고백이었다. 뭔 뚱딴지같은 소리인지. 아니 알고 지낸지가 몇 년인데, 너 술 취했냐고, 나 따위한테 무슨 존경이 어울리느냐며 손사래를 쳤지만 친구는 머쓱해하면서도 진지하게 말했다.

"언제가 한 번쯤은 말하고 싶었는데, 그게 오늘인가 봐."

그리고는 그 나름대로의 이유들을 나열하기 시작했지만 내 귀엔 전혀 들어오지 않았다. 나는 다소 벅차고 붕 뜬 마음을 붙잡고 "에이, 내가 무슨, 아니야"라고만 기계처럼 반복할 수밖에 없었다. 평소 나에게 호의적인 친구였고 그 친구의 직장 스트레스 이야기도 들어주고 했다지만, 그건 서로가 매한가지 아니었나. 스스로에게 뿌듯함을 느끼면서도 왠지 부끄러운 마음이 들었다. 전쟁 영화 속 나라를 구한 주인공이나 팬들에게 사랑받는 연예인들이 느끼는 기분이 이런 기분일까.

낯부끄러웠던 그날, 내 마음은 눈앞에 놓여있던 붉은 방어회 만큼이나 빨갛게 물들었다. 그렇게 횟집을 나와서 집으로 돌아가는 길에 여러 가지 상념들이 나를 휘저었다. 내가 진정 존경스러운 행동을 했는지, 존경받을 만한 사람인지, 와 같은 생각도 그 일부분에 해당되었지만 그보다는 '내가 참 멋있는 친구 놈을 두었다'는 사실이 내 마음을 관통했다. 나에게 용기를 내어 존경을 표현한 내 친구가 너무나도 멋있고 존경스러워 나도 그 놈처럼 누군가에게 존경을 표현하고 싶다는 마음마저 들었다.

존경이라는 표현은 누구나 할 수 있는 일이지만 누구도 쉽게는 못하는 일이다. 영어로는 단지 respect일 뿐인데 그 표현이 왜 그리도 어려운 건지.

이 세상을 도덕적 가치에 따라 올바르게 살아가는 사람이 얼마나 될지는 모르겠다. 하지만 난 그러한 사람들, 혹은 그렇게 살아가려고 노력하는 사람들이 굉장히 많을 것이라 믿는다. 그리고 그런 마음가짐을 가진 사람들이라면 지위나 권위, 명예 따위를 불문하고 누구나 마땅히 존경받을 자격이 있다고 말하고 싶다. 때문에 존경이라는, 이 무겁고도 고상한 개념의 진입장벽을 조금은 낮춰야 할 필요성이 있지 않을까 생각한다. 쓸데없는 자존심은 버리고 서로가 자유롭게, 그리고 진솔하게 존경을 표현하는 세상이 오기를 기대한다.

어쩌면 친구는 나에게 인간이 행복하게 살아가는 방법을 일깨워 주기 위해 일부러 존경을 표했는지도 모르겠다. 자신이 가지고 있는 그대로의 감정을 스스럼없이 표현하고, 한 사람의 가치를 알아봐주고, 서로의 마음에 따뜻한 불씨를 넣어 주는 방법을.

말하지 않아도 안다는 유명한 광고가 있는데 사실 말하지 않으면 잘 모른다. 지레짐작 할 뿐이지. 그래서 진심을 담아 이야기하고 싶다. 내가 아끼는 사람들을 존경한다고, 그리고 사랑한다고.

우리는 누구나 존경받을 만한 가치가 있다.
그러므로 존경받는 사람이 될 수 있다.

학창 시절의 트라우마

학창시절은 미성숙한 인간이 내딛는 인생의 첫 걸음이다. 그 작은 한 걸음으로 인해 비로소 우리네 삶의 시작종이 울려 퍼진다. 나는 어떤 사람이었는지, 시간을 되돌려 어설픈 걸음이 남긴 발자취를 따라가다 보면 마침내 저마다의 학창시절을 마주할 수 있다.

천진난만했던 초등학교 시절의 추억들은 내 입꼬리를 절로 춤추게 만드는 마력이 있다. 그 시절엔 100원짜리 동전 하나면 신나는 오락실 게임도 즐길 수도 있었고, 문방구에서 파는 아이스크림을 쪽쪽 빨며 달콤함에 빠질 수도 있었다. 이성에 대한 설렘, 풋사랑일지라도 누군가를 좋아한다는 감정을 처음 경험했던 것도 그 시절이었고, 실연의 감정으로 괴로워하며 처음 눈물을 흘렸던 것도 그 시절이었다. 흐린 날씨도 빈번했을 텐데 사계절 하루하루가 찬란했던 기억으로 남아있는 초등학교 시절은 내 소중한 추억의 한편을 장식하고 있다.

학창 시절의 과도기가 있다면 아마도 교복을 처음으로 입어야 하는 중학생 때가 아닐까 싶다. 중학교를 진학함과 동시에 모든 것은 180도 변화하게 된다.

 우선 삼국지의 관우 장군과도 같은 포스를 뽐내며 교문을 지키고 있는 학생주임 선생님을 가까스로 통과해야만 하는 일. 무서운 얼굴을 하고 지각 시간을 체크하는 담임선생님의 미간을 수십 분 동안 바라보는 일. 소위 일진이라는 꼬맹이들의 눈치도 살펴야 하고, 초등학교 시절과는 뭔가 달라진 이성친구들의 분위기에도 적응해야만 한다. 한마디로 초등교육을 마치고 나면 본격적으로 신경 써야 할 일들이 한두 가지가 아닌 것이다.

 그리고 가장 두려운 존재라고들 평가하는 성적표에는 점수와 등수를 포함해 친절하게도 부모님의 사인란까지 만들어져 있다. 공부가 제일 중요했던 집안의 아이들은 그 친절함에 닭똥 같은 눈물을 얼마나 쏟아냈을지……. 아쉽게도 공부와 사이가 좋지 않았던 나는 해당사항이 없었지만.

 갓난아이가 걸음마를 시작으로 말하는 법을 배워가며 조금씩 성장하듯이, 우리는 학창 시절을 통해 처음으로 타인을 접하게 되고 공동체를 학습해 나간다. 그리고 비로소 대인관계를 의식하게 된다. 정신발달 과정의 과도기라고도 볼 수 있는 이 기간에 정서적 자아의 많은 부분이 형성된다고들 하는데,

그런 것까지는 잘 모르겠지만 이상하게도 학창 시절의 기억은 쉽게 지워지지 않는다. 그때의 사소한 사건이나 감정까지도 가슴 한편에 남아 있는 경우가 많다. 그러한 기억들은 누군가에겐 행복했던 시절로 회상되기도 하고, 또 다른 누군가에겐 지울 수 없는 악몽 같은 나날들로 기억되어 트라우마로 자리 잡는다.

학창 시절 트라우마라고 하면 역시 왕따 및 학교폭력이 가장 많은 부분을 차지하지 않을까. 나 또한 학교폭력을 경험한 일이 있다. 다행인지는 몰라도 집단 폭력은 아니었다. 조그맣고 까불거리는, 정말 한 주먹거리도 안 되는 놈이 볼 때마다 툭툭 때리거나 가끔은 명치를 때리기도 했고(무지 아프나), 일명 빵셔틀을 비롯한 여러 가지 잡다한 심부름을 시키기도 했다. 내 물건을 지 멋대로 가져가서 쓰기도 하고 물건을 돌려주지 않기도 했다.

안타까운 것은 나보다 그놈에게 더욱 괴롭힘을 당한 아이가 있었다는 것. 그 모습을 보며 나는 그나마 다행이라고 안도했었던 것이다. 아…… 다시금 생각하니 그 망할 놈과 못난 내 자신에 대한 분노가 솟구쳐 오른다.

그 당시 반 친구들은 나를 어리바리하고 수줍어하는 아이로 기억하겠지만 누군가에게 육체적, 정신적 고통을 당하다보면 자연스럽게 주눅이 들기 마련이다. 왜 난 제대로 저항하지 못했을까. 생각해 보면 나는 날개만 안 달았지 순백의 천사였다 (네, 온전히 저만의 생각입니다). 그리고 바보였다. 천사 같은 바보가 어떻게 치고 박고 한바탕 난리를 피울 수 있겠는가. 그 당시만 하더라도 '친구들끼리는 사이좋게 지내야 한다'라는 부모님의 말씀을 법처럼 여겼었고, 그렇게 초등학교 6년을 즐겁게 보낼 수 있었기 때문에 중학교에 들어서 상황이 180도 달라질 거라곤 예상조차 하지 못했다.

지금도 천사의 모습을 한 수많은 바보들이 지옥 같은 학교생활을 꾸역꾸역 견뎌내고 있을 생각을 하면 너무나도 안쓰럽다. 나와 같은 경우에도 부모님께 전학 가고 싶다고 몇 번인가 말하기도 했지만 솔직하게 털어 놓지는 못했다. 그냥 꾹 참고 빨리 학년이 바뀌어 그놈과 다른 반이 되기만을 기도하는 것이 내가 할 수 있는 유일한 방법이었다.

20년이 지난 지금, 그 시절을 떠올려보면 학교폭력의 가해자들이 타고난 악질이었다거나 악마였다고 생각하진 않는다. 그들이 그렇게 되기까지는 가정환경을 비롯한 여러 가지 원인들이 존재했겠지만, 단지 자아형성이 덜 된 철없는 어린 아이가 너무나도 일찍 권력에 노출된 영향이 가장 크지 않았을까 생각한다.

그렇다고 그들의 행동을 어떤 방식으로도 정당화할 순 없다. 옳지 못한 행동으로 한 사람을 고통에 시달리게 만든 것은 변하지 않는 사실이니까. 그것은 한 사람의 인생을 지옥으로 밀어 넣었던 거나 마찬가지다. 무엇보다 슬픈 일은 지금도 모든 학교에서 그런 일들이 벌어지고 있다는 사실이다. 어른들은 모르게. 아주 빈번하게.

내 친한 친구들 중에도 소위 일진이었던 아이들이 몇 명 있는데 가끔 옛날이야기가 나오면 난 반 농담 식으로 이야기하곤 한다.

"길 가다가 누군가 네 뒤통수를 후려갈긴다고 해도 억울해하지 마, 기절하거나 피를 철철 흘려도 말이야. 너한테 괴롭힘 당했던, 지금은 누군지 기억조차 까마득한 어떤 한 사람일 수도 있으니까. 혹시라도 그 사람이 맞다면 진심으로 미안하다고 사죄하고 분이 풀릴 때까지 맞아주던지, 원하는 걸 들어줘. 난 그게 피해자에 대한 최소한의 예의라고 생각한다."

그런 친구들 대부분이 '자신은 누군가를 괴롭혀 본적이 없다'고 표명한다. 괴롭혔을지언정 그 정도가 심하진 않았다며 그 시절을 부정한다. 그래도 만약 피해자가 나타난다면 진심으로 사죄할 용의가 있다고 한다. 가능한 한 어떤 방식으로든. 뭐, 막상 상황이 닥쳐온다면 어떤 일이 벌어질지는 모르겠지만 나는 과거 한 명의 피해자로서 내 친구들의 진심이 전해진 것만으로도 만족감을 느꼈다.

아직까지도 가해자들 중 상당수가 정신 못 차린 인간 이하의 동물들일지도 모른다. 하지만 지난날의 과거를 부끄러워하며 진심으로 반성하는 사람에겐 일말의 기회 정도는 주어져야 하지 않을까 생각한다. 관용을 베풀 줄 아는 사람이 많아져야 보다 건강한 사회가 형성될 수 있으니까. 아니, 그렇게 믿고 싶으니까.

하지만 애석하게도 요즘은 중학생, 심지어는 초등학생들 사이에서도 극심한 따돌림이나 집단폭력이 발생한다. 그 정도나 수법이 한 생명의 목숨을 잃게 만들 만큼 잔인하다. 내가 어릴 때와는 다른 수준임을 실감한다. 그런 사건들을 볼 때마다 나의 신념은 흔들리고 위태로워지기도 한다.

학창시절의 트라우마를 비롯하여 인생을 살면서 겪는 트라우마는 한두 가지가 아니다. 그러한 트라우마는 영원히 지워지지 않는 걸지도 모른다. 그렇지만 개인적으로 어느 정도 관리는 할 수 있다고 생각한다. 어떠한 트라우마로 인해 과거에서부터 지금까지 힘들었다고 하더라도 자신만의 노하우로 그것을 흐릿하게 만들고 조금씩 지워나갈 수 있다고 믿는다.

트라우마가 없는 사람이 존재할까. 트라우마란 감기 몸살이 나면 주사를 맞고, 이가 썩으면 충치를 치료하듯이 종류만 다를 뿐, 인간이라면 누구나 겪어야만 하고 어떻게든 이겨내야만 하는 건 아닐까. 불행하거나 혹은 불행했다고 하소연 하는 자신에게 위로와 용기를 심어주려 애써주는 고마운 사람들을 위해서라도, 그리고 무엇보다 고통에서 벗어나고자 노력하는 내 자신을 위해서라도, 60억 인구 중에 내가 제일 불행했을 거라는 생각을 이제는 놓아 주었으면 하는 바램이다.

행복의 순간

우울한 이야기는 이제 그만하고 밝은 이야기로 전환하려 한다. 신의 축복이었을까. 다행히 날 괴롭히던 놈과 다른 반이 되었다(초반엔 우리 반까지 찾아와서 내 물건에 손을 대긴 했지만). 혹독한 중학교 2학년을 넘기고 3학년이 된 나는 여전히 주눅 든 아이였다. 날 괴롭히던 놈의 영향으로 가뜩이나 내성적인 성격은 더욱 소심해졌다. 특히 남자 아이들과는 어느 정도 어울려도 여자아이들이 말을 걸어 올 때면 순간의 긴장감으로 인해 말을 더듬거나 바닥을 응시해야만 겨우 대답을 해줄 수 있는 아이였다. 그래서 생긴 내 별명은 어리바리. 그러던 어느 날, 어리바리에게 큰 사건이 하나 다가왔다.

"야 한관희, 너가 우리 반 회장이야."
"아직 회장선거도 안했는데."
"그냥 그런 줄 알아."

무서워서 그다지 대화를 나눠 본 적도 없던, 소위 일진이라 여기던 여자아이가 말을 걸어왔다. 그것도 대뜸 회장이라니. 그 아이의 발언에 어리둥절했다. 며칠 후, 우리 반은 공정한 회장선거 투표를 했고 놀랍게도 나는 그 아이의 말처럼 반 회장이 되었다. 그녀는 내 인생의 노스트라다무스였던 것이다. 정말 기적이 일어난 것처럼 신기하고 행복한 순간이었다.

나중에 들은 사실은, 그 아이가 반 애들을 상대로 미리 사전조사를 했었는데 생각지도 못하게 내가 여자애들한테 꽤나 인기가 있었던 것(절대 거짓말이 아님을 맹세합니다). 그 당시 나의 매력이란, 요즘 언어를 빌리자면 '찐따미' 정도라고 볼 수 있으려나. 한마디로 어리바리 한 것이 매력이었다나 뭐라나. 참 살다보면 별의별 일이 다 생긴다.

사소할지 몰라도 반 회장이 되었던 그 시절의 기억은 어느새 내 삶의 원동력이 되었다. 내가 매력 있는 사람이라는 것을 처음 증명했던 사건이었으며, 누군가에게 괴롭힘을 당했던 어리바리하고 소심한 아이에게 행복의 가능성을 맛보게 해준 순간이었기 때문이다. 지금도 삶의 거대한 벽 앞에서 내 자신이 작아질 때마다 나는 그 시절의 기억을 떠올리며 자신감을 얻는다.

행복은 찰나의 순간일 뿐, 삶을 산다는 것 자체가 고통의 연속이라는 현실에 누구나 공감한다. 하지만 찰나의 행복, 그 순간들은 그저 스쳐 지나간 후 증발해 버리고 마는 걸까. 내 안에 담아 둘 순 없는 걸까. 어쩌면 우리는 행복한 순간을 기억하는 방법 자체를 모르는 것일 수도 있다. 시간이 모든 것을 소멸시키기 전, 내가 기억하고 싶은 그 순간을 선택하여 내 안에 고이 보관할 수 있는 방법을 말이다.

그래서 나는 행복의 순간들을 내 안에 하나둘씩 담아두는 연습을 한다. 삶이 힘에 부칠 때, 불행하다고 느낄 때, 마치 수집해 놓은 행복 컬렉션을 하나둘 꺼내보듯이 기억을 더듬어 나의 찬란했던 순간들을 되살리려고 노력한다. 사실 말이 찬란했지 별 볼일 없었던 사소한 기억들 뿐이다. 하지만 언젠가부터 그 작은 기억에 다시금 미소 짓고 용기를 갖는 내 자신을 발견할 수 있게 되었다.

"신이 우리에게 기억력을 준 이유는 12월에도 장미를 기억할 수 있게 하기 위함이다."

피터팬의 작가, 제임스 매튜 베리가 말했듯 시들어가는 지난 날의 기억들, 그 사소한 순간의 행복들을 다시금 피워낼 수 있을 때, 비로소 삶의 달콤함을 맛 볼 수 있는 건 아닐까.

희망의 노래

희망의 노래를 부르기란 여간 어려운 일이 아닙니다.
희망은 절망 안에서 피어나야만 만개할 수 있기 때문이죠.
하지만 이 세상에 절망 속에서 노래할 수 있는 사람이
얼마나 있을까요.
절망을 마주한 사람의 마음에 어찌 희망의 멜로디가 흐를 수
있을까요.

그래도 희망의 노래를 불러야 합니다.

모든 어둠의 그림자가 머리 위를 떠돌아도
천근같은 무거운 몸을 가누기 힘들어도
모든 향기로운 희망의 씨앗은 절망이었다는 사실을
기억하고 노래해야 합니다.

힘든 삶입니다.
그만큼 희망찬 삶일 수 있습니다.

성원이형

첫 번째 책을 낸 후 한동안은 연예인처럼 이리저리 스케줄을 소화해야만 했다. 거금 300만 원 이상을 투자했으니 어느 정도는 홍보라는 것을 해서 메워야 하지 않겠는가. 지금 생각하면 발가벗은 맨몸과도 같은 그 물건을 온, 오프라인 할 것 없이 여기저기 내 보이고 다녔다는 사실이 낯부끄럽지만 그땐 상황이 달랐다. 나의 책이 세상의 빛을 본다는 사실 하나만으로도 가슴이 떨리는 것은 물론 바보같이 온종일 웃고 다녔다.

그날은 평소에 잘 연락하지 않던 지인들에게까지 염치없이 메시지를 보내다 오랜만에 성원이형과 연락이 닿았다. 예전 광화문에 위치한 호텔에서 3년 정도 같이 직장생활을 보낸 선배인데 그 당시에도 좀 독특한 면을 가진 사람이었다. 아니나다를까, 내가 책을 냈다는 소식을 들은 대부분은 정말 네가 쓴 책 맞느냐며 '못 믿겠다' '축하한다' 와 같은 반응을 보인 반면에 이 형은 아무런 질문도 없이 담담하게 한 줄의 메시지만 보낼 뿐이었다.

"그렇게도 네 인생의 흑역사를 남기고 싶었냐. 평생 놀림감 하나 생겼네."

이 종잡을 수 없는 특이한 형을 나는 꽤나 좋아했다. 나 또한 약간 별난 구석이 있어서 그런지 직장에서도 남들이 조금은 꺼려했던 성원이형과 나름 죽이 잘 맞았었다. 그렇다고 또 엄청 친한 사이는 아니어서 사적으로 자주 만나거나 하진 않았다.

요즘 어떻게 지내냐고 물었더니 어찌 된 일인지 광고회사에 다니는 중이란다. 광고회사? 잠시 눈이 번쩍 뜨였지만 형이 회사를 운영하는 것도 아니고 요즘 세상에 공짜가 어디 있나. 별 기대는 없었지만 센스 있는 형은 고맙게도 자신이 홍보에 도움이 될지도 모르니 책 몇 권만 가져와 보라 했다. 그렇게 우린 약속을 잡았다.

홍보용 책 10권을 가방에 짊어지고 늦은 오후 합정역과 상수역 중간 즈음에 위치한 형의 단골 고기집으로 발걸음을 옮겼다. 항상 동생한테 얻어먹기를 죽기보다 싫어했던 형은 여기는 소고기가 맛있는 집이라며 돼지고기를 시키려던 나를 제지하고선 꽃등심을 주문했다. 거의 3년 만의 재회였다.

"형, 제 책 읽어 봤어요?"
"당연히 읽어봤지, 앞에 한 3장 정도만. 그 다음부터는 도저히 못 읽겠더라."
"그래도 동생이 나름 공들여서 쓴 첫 책인데 좀 읽어주세요."

"나중에 두 손 꽉 움켜쥐고, 큰맘 먹고 한 번 도전해보마."

　말은 저렇게 해도 이미 내 책을 읽어 봤을 형이었다. 우린 정말 오랜만에 만났기에 어떻게 살아왔고, 살아가고 있는지 서로 간의 동향 토크를 한참 주고받은 뒤, 다시금 글에 대한 이야기로 회귀했다. 조금은 진지한 얼굴을 한 형이 다시 입을 열었다.

"관희야, 동시를 한 번 써보는 게 어때."
"형 동시를 아무나 쓰나요. 제가 볼 때 동시 쓰는 사람들은 진정한 고수들이예요."
"야 그 사람들도 처음엔 다 허접이었을 거 아니야, 너도 한 번 써봐, 그 대신 '초등학교 교과서'에 실리겠다는 각오로."

　나는 극구 손사래를 치고는 술이나 한 잔 더 받으시라며 형의 술잔을 가득 채워 주었다. 형은 소주 한 잔 가볍게 털어 넣고는 맛깔나게 고기 한 점을 음미하면서 대뜸 다음 책은 언제쯤 나오느냐고 물었다. 아직 글 쓰는 법도 잘 모르는데 어찌 다음 책을 떠올릴 수 있겠습니까, 그래도 언젠가 졸작을 또 하나 낼지도 모르겠지요, 하고는 기약 없는 대답을 했다. 그랬더니 이 형이 또 요상한 소리를 하기 시작했다.

"야, 그 일본 작가 있잖아, 무라카미 뭐시기더라."
"하루키요?"

"아 그 사람 말고."

"그럼 류? 무라카미 류요."

"어 맞다, 무라카미 류, 그 사람이 쓴 책 있잖아, 아, 뭐였더라."

"한없이 투명에 가까운 블루?"

"아, 그 제목이 아닌데."

"음… 그럼 또 유명한 책이… 식스티나인?"

"그래 맞아, 육구. 제목부터 참 좋지 않냐. 난 그 책이 마음에
들더라."

　나는 현실 웃음이 터졌지만 형은 절대 19금이라서 좋아하는
게 아니라고, 자신도 책 꽤나 읽는 사람이라고 너스레를 떨었
다. 나도 '식스티나인'을 읽은 지는 좀 오래됐지만 흥미롭게 읽
은 기억이 남아 있다고 말했다. 그리고는 '한없이 투명에 가까
운 블루'도 좋은 작품이니 한번 읽어보시라고 추천해주었다.
그러자 형은 지금 그런 게 중요한 게 아니라며 다시금 진지하
게 이야기를 풀어 놓기 시작했다.

　"다음 책은 육구처럼 한 번 써봐."

"에이 형, 이제 막 글 같지도 않은 것들 묶어서 한권 낸 수준
인데, 다음 책은 아무래도 아직 무리죠. 그리고 무라카미 류처
럼 쓰기가 어디 쉽나요. 소설은 써볼 용기도 없어요. 근데 어떻
게 써보라는 거예요? 약간 19금스럽게?"

"아니, 인마, 솔직하게 써 보라는 소리야, 어떤 장르를 쓰던

간에 허심탄회하게 써 보라는 거지, 네가 쓰고 싶은 대로 그냥 막 써봐, 대신 아주 솔직하게."

성원이형을 만나고 며칠이나 지났을까. 난생 처음 동시를 짓기 시작했다. 사실 첫 책을 쓰는 동안 몸도 마음도 피폐해지고 완전 엉망이었다. 백수에다가 이별까지 한 상태였으니. 그래서 한동안은 조금 쉬자 마음먹었는데 자꾸만 형의 말이 내 머릿속을 휘젓고 다녔다. 결국은 키보드를 다시 잡고 동시 5편을 완성해 '창비 어린이 신인문학상'에 응모를 하고, 신중하게 시도 5편 지어서 신춘문예까지 도전했다.

결과는? 양쪽 다 보기 좋게 참패했다. 그렇지만 뭐 결과가 중요한가. 덕분에 역대 수상작들을 죄다 읽어가며 시라는 장르의 매력을 조금은 알게 되었고, 평소 읽지도 않던 시집들도 찾아보게 되면서 어휘력이나 표현력도 조금은 늘지 않았나 생각한다.

그리고 무엇보다 중요한 것은 10편 남짓한 시를 짓는데 거의 두 달 이상이 소요되었다는 점과, 그 두 달이 너무나도 괴로웠다는 사실이다. 시인은 아무나 될 수 없음을 몸소 체험했다고나 할까. 그래도 내가 했던 도전 중에 손에 꼽힐 정도로 아름다운 도전이었다. 하얀 백지 위에 한 편의 시를 창작해야 한다는 그 무겁고도 두려운 중압감을 경험해 봤기에, 가끔 쉽사리 글이 써지지 않을 때 느끼는 괴로움 정도는 나름 가볍게 이겨내오지 않았나 싶다.

이 책을 쓰기 전에도 솔직하게 써보라는 형의 말이 계속 맴돌았다. 헌데 솔직하게 쓰는 건 둘째 치고 이 책을 처음 써내려고 마음먹었을 때 가장 큰 부담이자 걸림돌은 기획력. 즉, 책의 윤곽을 잡는 일이었다. 특히나 나는 글을 몇 번 써보지 않았기에 어떤 주제로, 어떤 글을, 어떻게 써야 할지에 대한 고민으로 눈앞이 깜깜하고 막막한 심정이었다. 그래도 우선은 솔직하게 아무 글이라도 써보자 다짐하며 끄적이기 시작했다. 솔직하게, 솔직하게, 아주 솔직하게. 그러다 어느 날 불현듯이 몇 달 전 읽었던 임경선 작가님의 에세이 <자유로울 것>의 문장들이 떠올라서 책을 다시 펼쳤다.

　'에세이에서 개인적으로 가장 고려하는 두 가지는 솔직함과 작가 고유의 문체'

　역시나 내가 좋아하는 작가님도 '솔직함'을 강조하고 있었다. '작가 고유의 문체'는 해결방안이 없어서 좌절하기도 했지만 그 뒤에 이어져 나올 문장 때문에 나는 다시 미소 지었다.

　'에세이를 잘 쓰기 위해선 에세이를 쓰는 사람 자체가 매력이 많아야 한다고 생각한다.'

　저 문장이 나에게 크나큰 힘이 되었다. 왜냐, 매력하면 또 나니까! 그렇게 작가님의 생각을 내 스스로에게 관철시켜 뭔가에 홀린 듯이 거침없이 써왔다. 근거 없는 자신감을 가지고 마구잡이로 써왔다는 표현이 더 어울리려나. 아무튼, 어떻게 써야 할지 갈피를 잃은 내 마음의 방향키를 잡는 데 형의 도움이 컸다. 그리고 내가 좋아하는 작가님의 글을 소생시켜준 덕분에 지치지 않는 용기로 지금까지 글을 써 왔는지도 모른다.

사실 아직까지도 여러 가지 걱정들이 많다. 이런 졸필을 또다시 책으로 엮어 내도 좋을지, 끝내 책을 완성시킬 수 있을지, 값어치 못하는 또 하나의 쓰레기가 탄생하는 건 아닐지.

그래도 내 책을 받아 들고 다시 한 번 독설을 날려 줄 성원이 형, 왜 또 책을 냈냐고 불평하면서도 가벼운 주머니마저 털어 내 줄 친구들, 인자한 미소를 띠며 기뻐하실 부모님, 그리고 가장 만족스러워 할 미래의 내 자신을 떠올리며 오늘도 온 힘을 다해 써나간다.

Shall we dance?

 사람이 기쁨을 표현하는 데는 기본적으로 두 가지 방법이 있다. 우선 "좋아요" "너무 행복해요" 와 같이 말로 표현하는 방법과 박수를 치며 방방 뛰거나 행복에 겨워 엉엉 우는 것처럼 행동으로 표현하는 방법. 어떤 종류이건 기쁨의 정도에 따라 표현력 또한 달라지기 마련이다.

 하지만 대부분이 기쁨의 감정을 절제하거나 아예 감추어 버리고 만다. 남들과 더불어 살아가다보면 기뻐하는 것도 상황과 눈치를 봐야 하는 경우가 많기 때문에 그 감정을 완전히 만끽하지 못하는 것이다. 자신에게 찾아온 기쁨의 수준이 낮아서라기보단 기뻐하는 방법을 어느새 잊어버린 것. 작은 기쁨도 크게 표현하면 작은 것이 아니게 되고, 큰 기쁨도 제대로 표현하지 못하면 금세 사라질 수 있다. 그렇기에 기쁘고 즐거운 순간이라고 느껴지면 제대로 만끽하고 표현할 수 있는 자신만의 방법을 터득해야만 한다. 그래야 더욱 의미 있고 유쾌한 삶을 보낼 수 있다.

나와 같은 경우는 춤을 춘다. 나에게 기쁨을 제대로 표현하는 데 있어서 춤만 한 것이 없다. 전문적인 춤 말고 그냥 막춤. 주로 기분이 좋을 때 마음 내키는 대로 추지만 평상시에도 좋아하는 음악만 있으면 춤을 출 수 있다.

사실 나는 즉흥댄스를 아버지에게 배웠다. 예순이 된 아버지는 언젠가부터 장사를 하면서도 신나는 음악에 맞춰 춤을 춘다는데(어머니로부터 들음), 가끔은 집안에서도 메리야스 바람으로 춤을 출 때가 있다. 그것도 아주 요란하고 우스꽝스럽게. 불과 몇 년 전이었다면 상상조차 못 했을 그 모습을 보며 행여나 배꼽이 찢어질까 두 손으로 배를 움켜잡고 웃어 재꼈다. 하지만 처음 아버지가 즉흥적으로 춤을 췄던 그 순간은 나의 뇌리에 강인한 인상을 남겼고, 나중에는 나도 모르게 흥에 겨워 같이 따라 추게 되었다. 그렇게 아버지와 공유한 시간들과 감정들은 내게 또 다른 기쁨을 안겨주었다. 그래서 난 아직도 가끔씩 아버지와 함께 춤을 춘다.

가족과 춤을 출 수 없다면 혼자서 춰도 되고 친구들과 출 수도 있다. 나는 친구들이 있을 때도 가끔씩 리듬에 맞춰 몸을 흔드는데 그럴수록 더욱 기분이 좋다. 물론, 친구들은 예전에 내가 아빠를 바라보듯 배꼽을 잡고 웃거나, 저놈 또 시작했다며 하등동물 취급하듯 바라보기도 한다. 애석한 건 나를 따라서 춤을 추는 친구가 아직까진 없다는 사실(제 흉물스러운 몸짓을 구경하는 것만으로도 만족하는 걸까요). 하지만 내 장담하는데 이놈들도 언젠가 인생의 즐거움을 이해하는 날이 오면 나와 함께 춤을 추고 있을 것이다.

즐겁지 않아도 즐거울 수 있다. 기쁨이나 즐거움은 어떠한 결과로 인해 찾아오는 것만은 아니다. 스스로도 언제든지 만들어 낼 수 있는, 생각보다 아주 흔한 감정이다.

가슴에서 우러나와 신명나게 춤을 춰본 일이 있는가. 나는 아직도 춤을 추며 또 하나의 기쁨을 만든다.

98% 이상이 '별 특이한 놈 다 보겠네' 하면서 글을 읽어 나갈지도 모르겠네요. 하지만 나머지 2%정도는 저처럼 춤을 추며 즐길 수 있는 방법을 강구하고 있진 않나요? '미친 척하고 당신을 따라해 보고 싶은데 방법을 모르겠어요' 하고 말이죠. 그 2%를 위해, 나중에는 그 인원을 20%, 아니 200%로 끌어올리기 위해 진심을 담아 이 글을 씁니다. 저는 지금 어느 때보다도 진지합니다. 팔로우 미!

간단하게 설명하자면 자신이 평소에 좋아하는 음악에 몸을 맡기면 됩니다. 싸구려 와인이라도 한잔 마시면 큰 도움이 될 거예요. 만약 음악 선곡에 어려움이 있다면 음악을 추천해드릴 수도 있습니다. 요즘 저와 같은 경우는 씨티팝(주로 70~80

년대 일본음악을 지칭하죠)에 빠져있는데 가볍게 춤을 출 만한 음악이 굉장히 많거든요. 그 중에 하나를 고르자면, 일본음악에 거부감이 있을지도 모르는 이들을 고려하여 유빈의 '숙녀'를 추천합니다. 씨티팝 감성을 맛깔나게 살린 멜로디와 뮤직비디오(꼭 시청)는 물론이고, 나카모리 아키나를 연상시키는 유빈의 몸짓 또한 가히 훌륭합니다. 뮤직비디오 속의 유빈처럼 추긴 어렵겠지만 리듬에 맞춰 가볍게 몸을 흔드는 것은 그다지 어렵지 않아요. 두 손을 허리춤에 올리고 엉덩이를 살랑살랑 흔들면 OK.

'나는 저런 음악 말고 분위기 있으면서도 우아한 몸짓을 뽐내고 싶어요'라고 한다 해도 걱정하지 마세요. 추천해줄 곡이 산더미니까요. 그중에서도 요즘 제가 좋아하는 케이티의 <Thinkin Bout You>를 추천하겠습니다. 몽환적인 분위기에 취해 눈을 감고, 그루브한 음악에 맞춰 고개를 까딱까딱, 손바닥을 편 채로 한 손을 벽을 밀듯이 서서히 내밀면서 끈적이는 리듬에 몸을 맡기면 되요. 마치 제가 요가 강사라도 된 기분이네요.

자, 그럼 때가 되었습니다. 물속을 유영하는 한 마리의 해파리처럼 음악에 맞춰 하늘하늘하게 흔들어 봐요. 기분이 아주 좋아질 겁니다. 수줍게 웃고 있는 자신을 발견할 거예요. 도저히 적응도 안 되고, 쑥스러워 못 추겠다는 느낌이 들어도 용기를 내봅시다. 저 또한 지금 글을 쓰면서 음악에 맞춰 흔들고 있으니까요. 우리 모두 함께 춤을 추며 또 하나의 기쁨을 만들어 봅시다.

흔들흔들, 살랑살랑.

프로듀스 48

얼마 전 프로듀스 101이라는 프로그램의 시즌3가 막을 내렸다. 이 방송으로 말하자면 저마다의 연예기획사 연습생들이 참가하여 자신의 춤과 노래, 그리고 매력을 어필한다. 그 모습을 지켜보는 시청자들은 호감이 가는 연습생에게 투표를 할 수 있다. 물론 적은 표를 받은 연습생은 중도하차를 해야만 하는 규칙이 존재하지만, 최종적으로 살아남아 한정된 등수 안에 들게 되면 연습생 신분에서 벗어나 아이돌 그룹의 멤버로서 데뷔할 수 있게 된다. 한마디로 가수를 지망하는 연습생들에게는 일생일대의 기회가 주어지는 프로그램이다.

TV를 반찬 삼아 느긋하게 밥을 먹고 있던 어느 날, 나는 흥미로운 채널을 찾을 때까지 쉴 새 없이 리모컨을 만지작거렸다. 그러다 자연스레 채널 고정한 방송. 그 프로그램이 프로듀스 101이었다. '아 이게 그 화제의 픽미, 픽미, 픽미 업이구나' 평소 보지 못했던 귀여운 연습생들이 나와 춤을 추고 노래하는 모습은 잠깐의 시청만으로도 나의 이목을 끌기에 충분했다.

그 이후로는 허구한 날 틀어주는 재방송을 멍하니 바라보면서 밥을 먹곤 했다. 그 나름의 재미가 킬링타임용으로 전혀 손색이 없었다.

하지만 'pick me, pick me'로 신드롬을 일으켰던 시즌1도, '나야나'를 외치며 많은 이들을 열광케 했던 시즌2도 굳이 찾아서 본 적은 없었고, 찾아 볼 생각도 하지 않았다. 개인적으로 응원하는 연습생도 없었거니와 시청하면 할수록 내 마음 한편에서 부정적인 인식이 조금씩 싹트는 것을 느꼈다.

1등부터 꼴찌까지, 어린 연습생들 저마다의 가슴팍에 자신의 등수가 달린 이름표를 부착한 채 '방출'되지 않으려고 경쟁하는 모습. 그 애잔한 화면들을 계속 보고 있으려니 마음이 착잡했다. 흡사 우리나라 입시교육의 단편을, 나아가 현재 모두가 겪고 있는 경쟁 시스템의 온상을 적나라하게 드러내는 것만 같아서 마음이 영 불편했다고나 할까. 그리고 굳이 하차나 탈락이라는 단어보다 '방출'이라는 피동적인 단어를 자주 언급함으로써 아직은 어린 연습생들에게 상처를 안겨주어야만 하는지, 이런저런 불만이 한가득이었다. 시즌2가 끝나고 어느새 세 번째 시즌이 나온다는 광고를 보고는 생각했다.

'저 잔인한 걸 또 하네. 양심도 없는 방송국 놈들 같으니라고.'

세 번째 시즌을 시청한 이유는 단순한 기대감이었다. 기존의 연습생들끼리 고군분투했던 이전 시즌과는 달리 일본에서 이미 아이돌로 활동하고 있는 연예인들이 참가한다는 소식 때문이었다. 예상치 못한 신선한 조합이었다. 반은 일본 아이돌, 반은 한국 연습생. 이는 마치 프로와 아마추어, 또는 이미 이룬 자와 아직 이루지 못한 자의 구도를 떠올리게 만들었다.

'서로 다른 언어를 사용함으로써 조성될 환경과 분위기가 과연 어떤 식으로 형성될까' '적어도 경쟁보다는 화합 쪽이 아닐까' 하는 실낱같은 희망이 있었다.

막상 뚜껑을 열어보니 시스템은 크게 바뀌지 않은 듯했다. 한동안은 서로가 경쟁하는 것처럼 느껴졌다. 하지만 시청하면 할수록 나의 고정관념의 뿌리가 흔들리기 시작했다. 이유인즉, 경쟁시스템 안에서 그들이 그토록 이기고 싶어 하는 것은 '타인'이 아닌 '자기 자신'이었기 때문이다. 자신과의 힘겨운 싸움에서 패배하지 않으려는 연습생들의 빛나는 노력들이 조금씩 보이기 시작했다. 한계에 부딪쳐 눈물을 흘릴 때면 같은 처지의 동료들과 선생님들에게 응원을 받기도 하고, 다른 동료들을 위로해주기도 하면서 그들은 한 계단씩 올라섰다. 그렇게 성장하면서 자신의 한계라는 알을 깨부수고 날아오르려는 의지와 몸짓, 그 모습은 아무 생각 없이 밥숟가락을 입에 처넣고 불만을 나불대기 바쁜 내 자신을 되돌아보게 만들었다. 정작 실망을 한 것은 프로그램이 아닌 노력하지 않는 내 자신이었다.

세상을 살아 내기가 참으로 힘겨운 시대이다. 그렇기에 아무리 좋은 씨앗도 썩은 땅에서는 결국 싹트지 못할 것이라는 비관적 체념이 내 안에 깊숙이 자리 잡고 있었는지도 모른다. 나는 그저 암담한 사회 안에서, 까마득히 어두운 현실 앞에서 주저앉아 한탄만 할 뿐이었다. '황폐한 땅에 심어진 씨앗'들은 절대 꽃피울 수 없다며 핑계를 대고 위안 삼으며 일어날 생각조차 하지 않았다.

하지만 프로듀스48을 보며 작은 희망을 얻었다. 연습생들처럼 개개인의 열정으로 썩은 땅을 일구고, 그 안에서 끈기 있게 성장하여 하나둘 화사하게 피어나는 세상이라면, 모두가 그런 노력으로 만들어가는 세상이라면, 우리가 사회시스템을 변화시켜 보다 제대로 된 세상에서 살아갈 수 있지 않을까, 하는 기대감을 갖게 만들었다.

'희망이 묻힌 묘지'

소설 <빨간머리 앤>에서 고아인 주인공 앤이 자신의 인생을 표현한 문장이다. 나는 이 문장을 삶을 힘겹게 살아가는, 아직 빛을 보지 못한 우리 모두를 향해 내뱉는 외침이자 위로라고 느꼈다.

우리는 영영 헤어 나올 수 없는 '묘지에 묻힌 희망'같은 존재들일지도 모른다. 하지만 언젠가는 희망이 묻힌 묘지 위로 얼굴을 내밀 '최초의 새싹'같은 존재들, 그 또한 우리의 모습이지 않을까.

프로듀스48을 통해 데뷔를 하게 될 그들이 훨훨 날아오르기를 바란다. 그리고 지금도 자신과의 힘든 싸움을 하고 있을 또 다른 연습생들도, 어딘가에서 소박한 꿈을 이루려고 노력하는 사람들도, 지금 이 글을 보고 있는 당신도, 저마다의 높이는 다르겠지만 굴하지 않는 용기를 안고 훨훨 날아오르기를 바란다.

조급해하지 않고
유유하게 그리고 당당하게
이루어 나가기를.

추락이 아닌 착륙

우리는 저마다의 소박한 꿈을 가지고 있습니다. 그리고 그것을 하나둘씩 이루어 나갑니다. 하지만 꿈을 실현하고 누리는 순간, 무수히 많은 난관에 봉착하게 됩니다. 이를테면 좋아하는 이성과의 연애가 이별을 맞이하는 순간이나, 원하는 대학에 입학했지만 우두커니 서있는 거대한 취업의 벽을 마주보는 순간들처럼 말이죠. 유명한 스타들도 세월이 지나면 잊혀지고, 자신을 훨훨 날게 해주었던 꿈의 날개도 언젠가는 힘을 잃고 추락하기 마련입니다.

꿈이라는 것에 결승선은 존재하지 않습니다. 아무리 큰 꿈일지라도 이루고 나면 또 다른 꿈이 나타납니다. 꿈을 이루어 특별한 존재가 되었다고 자만하는 이들도 금세 또 다른 꿈에 먹혀버린 자신을 발견하게 되는 것입니다. 꿈이란 생성과 소멸을 반복하는 광활한 우주와도 같습니다. 우리 모두가 꿈 앞에서는 지극히 평범한 존재입니다.

꿈을 쫓으며 살아가는 이유는 뭘까요. 저에게 묻는다면 망설임 없이 '행복에 대한 갈망'이라고 말할 것입니다. 누구나 삶을 살아가는 궁극적인 목적은 자신의 행복임을 부정할 수 없으니까요. 헌데 살다보니 꿈을 이룬 자가 꼭 행복하리란 법은 없더군요. 어쩌면 꿈과 행복의 연결고리는 존재하지 않을지도 모릅니다.

꿈과 행복의 공통점이 있다면 '언젠가는 반드시 추락과 절망을 마주해야만 한다'는 진실이 떠오릅니다. 인생은 꿈을 이룬 사람에게도, 평생 행복을 만끽할 것만 같은 사람에게도 한 번쯤은 지옥의 맛을 보여주고야 마니까요. 고통과 고뇌란 한 사람도 빠짐없이 겪어야만 하는 그 무엇일지도 모릅니다. 두려움으로 벌벌 떨어야만 했던 시간들, 고통으로 인해 새겨진 상처들, 절대 지워지지 않을 것만 같은 괴로운 과정들을 거쳐야만 하는 것이 바로 우리의 삶이니까요.

그렇다고 포기하기는 이릅니다. 독일의 위대한 시인이자 극작가인 괴테가 말했던 것처럼 '고난이 지나면 반드시 기쁨이 스며든다'는 진리 또한 우리의 삶이기에 포기한 채로 주저앉아 한탄하고 있을 수만은 없습니다.

기억하길 바랍니다. 인간에게는 추락과 절망을 극복할 수 있는 희망과 긍지의 날개가 있다는 사실을.

모든 것은 추락이 아닌 착륙입니다. 푸른 하늘 높이, 그리고 멀리 나는 새들도 언젠가는 안착할 곳을 찾아 쉬는 것처럼 우리도 잠시 숨을 고를 뿐입니다. 좋은 글과 좋은 음악에는 쉼표가 존재하듯이, 우리의 삶도 쉬어야만 한층 무르익습니다.

내가 발 딛고 있는 현실은 추락하여 빨려 들어가는 늪지대가
아니라,
잠시 휴식을 취하기 위해 착륙한 연둣빛 초원이라는
생각으로,

잠시만 쉬어 가면 어떨까요.

3

멘토

　나의 멘토는 이래라 저래라 지시를 내리지 않는다. 어떤 방향이 옳은지 그른지도 알려주지 않는다. 그저 진지하게 이야기를 듣곤 가볍게 미소 짓거나 읊조리듯 자신의 생각을 말할 뿐이다. 이야기가 무르익으면 주의 깊게 나를 응시하다가 '난 너의 그런 점이 참 좋아'라고 칭찬을 해주기도 하고, 내가 다소 흥분하거나 허튼소리를 할 때조차도 고개를 끄덕이며 충분히 그런 견해를 가질 수도 있다는 이해와 공감을 표하기도 한다. 하찮을지도 모르는 나의 생각과 철학, 모든 이야기 하나하나가 그로 인해 존중의 대상이 된다.

　넌 잘될 거라고 의례적으로 내뱉는 말들이 그의 입을 통해 나오면 무게감이 다르다. 서로 열띤 대화를 했음에도 불구하고 그를 만나고 집에 돌아오는 길이면 시간을 되돌려 내가 뱉은 어리석은 문장들을 다시금 주워 담고만 싶어진다. '인간관계 능력에 있어서의 수준 차이란, 바로 이런 걸까' 싶을 정도로 매번 그러하다.

가벼워 보이는 한 마디에도 진심을 담아 이야기하는 사람. 자신과 상대방의 분위기를 파악하고 서로 간의 감정을 조율할 줄 아는 사람. 찰나의 시간도 값지게 쓰일 수 있다는 사실을 느끼게 해주는 사람. 나는 언제쯤 그런 사람이 될 수 있을까.

　"형은 저보다 능력도 뛰어나고 더 열심히 노력했으니까 좋은 회사에 입사했겠죠."

　"솔직히 말해서, 내가 너보다 능력이 뛰어나다고 생각하진 않아. 노력으로 따진다고 해도 양적으로 보나 질적으로 보나 크게 차이는 없을 거야. 우린 각자 자신의 자리에서 지금까지 최선을 다해 왔으니까. 단지, 나는 운이 조금 좋았다고나 할까. 그 운이라는 게 일찍 왔을 뿐이지. 그렇다고 해서 마냥 좋지만은 않더라. 여러 방면으로 위태로울 때도 있고 내 자신이 도태되고 있는 건 아닐까 하고 느낄 때도 많거든. 알다시피 산다는 것 자체가 신경 쓸 게 한두 가지가 아니잖아.
　아무튼 다른 사람은 몰라도 너에게는 어떤 종류가 되었든 간에 기회가 반드시 올 거라고 생각해. 지금 너의 모습 그대로, 그 마음가짐을 꾸준히 유지해 나간다면 어떤 기회가 오든 넌 충분히 잡을 수 있을 거야, 그럴 자격 또한 갖추고 있는 사람이고."

　아직 기회란 놈이 안 온 건지, 운이란 놈은 왔다가 다시 도망간 건지, 두 놈 다 영영 올 생각이 없는 건지, 솔직히 잘 모르겠지만 형의 응원 덕분에 첫 번째 책을 낼 수 있었고 곧 이 책도 세상의 빛을 보겠네요.

당신을 만날 때마다 멋진 사람이란 어떤 사람인지 조금씩 배워갑니다. 자신에 대한 끊임없는 향상심과 상대방에 대한 진실된 겸손함을 갖춘 사람. 그리고 누구보다 솔직한 사람.

형을 멘토라고 밝히는 것도 지금이 처음이지만 솔직히 멘토, 멘티 뭐, 이런 게 중요한가요. 서로의 온도가 적절하고 잘 통한다는 사실이 중요한 거죠. 아무튼 전 그냥 형이 좋습니다. 매번 추천해주는 책과 영화들, 항상 감사합니다.

저만의 착각일지도 모르겠지만 다른 친한 형들이 이 글을 본다면 '왜 저 녀석이냐'며 실망감을 드러낼지도 모르겠네요. 하지만 그럴 필요들 없어요. 색깔만 다를 뿐이지 다들 제 인생에서 중요한 역할들을 맡아주고 멘토 이상으로 힘이 되어 주는 존재들이니까요.

제가 살아있음을 매번 느낄 수 있게 해주셔서 감사합니다.

큰 그림

내가 초등학교를 다니던 시절엔 숙제로 매일매일 일기를 써야만 했다. 몇 월, 몇 일, 날씨가 그려진 그림에 동그라미(그림에 동그라미를 칠 때 가장 기분이 좋았다). 그것이 인생의 첫 글쓰기였다.

초등학교 고학년이 되면서 일기라는 지긋지긋하던 숙제가 없어졌음에도 불구하고 나는 아버지의 강요로 인해 계속 써야만 했던 걸로 기억한다. 일기 잘 쓰고 있냐며 아버지가 물으시면 잘 쓰고 있다고 거짓말을 치고는 밀린 일기를 허겁지겁 쓰기도 했고, 갑작스레 검사라도 하신 날에는 거짓말이 발각되어 된통 혼쭐이 나기도 했다. 그 시절엔 당신은 일기도 안 쓰면서 왜 나에게만 쓰라는 건지, 아버지가 원망스럽기만 했는데 세월이 지나고 우연히 아버지의 30대 시절 일기를 발견했을 땐 놀라움에 입이 쩍 벌어졌다. 아버지가 20대에 나를 낳으셨으니, 우린 최소 5년은 함께 일기를 써온 셈이었다. 일기 쓰는 부자라……. 뭔가 좀 멋있는 느낌이다. 물론 난 강요받았었지만.

자발적으로 다시 펜을 잡았던 것은 스무 살. 청소를 하다가 우연히 초등학교 시절의 일기들을 발견했다. 어찌나 신기하고 재밌던지. 그 안에는 또 다른 내가 있었다. 흔적도 없이 증발해버렸다고 생각한 과거의 일상들이 글 안에 생생하게 살아 숨쉬고 있었다. 그렇게 보잘것없는 공책 몇 권은 스무 살인 현재의 나와 초등학생인 과거의 나를 연결시키는 통로를 열어주었다. 어쩌면 이것이 그 시절 아버지가 그토록 일기 쓰기를 강요했던 이유였을지도 모른다는 생각마저 들었다.

　일기는 또 다른 나와 대화할 수 있는 소통의 창구라는 믿음으로 최근까지 일기(주로 주기나 달기가 되지만)를 썼다. 잊혀져갈 내 자신과 훗날 재회하고 싶은 욕망 때문에 그 지겨운 작업을 꾸역꾸역 해온 것이다. 매번 똑같은 패턴으로 오늘은 무엇을 하고 무엇을 했다, 가 전부이거나 잠에 취해 꼬부랑글자를 만들기도 하고, 입에 담지 못할 욕설을 마음 내키는 대로 적기도 했다.
　그렇게 두서없는 글쓰기가 무의미해져 갈 때 쯤, 내게 지독한 이별의 후유증이 찾아왔다. 그 우울하고도 복잡한 심정들을 일기만으로 해소하기엔 다소 부족했던 걸까. 사랑과 이별을 향한, 꼬리가 꼬리를 무는 생각들은 내가 미처 알지 못했던 '또 다른 내 모습'을 드러내주는 것만 같았다. 그런 생각들을 바탕삼아 나는 일기 이외에 다른 글을 써보기로 마음먹었고, 결국 한 권의 책이 완성되었다.

지금에서야 생각해본다. 혹시나 이 모든 것이 아버지의 큰 그림이 아니었을까 하고. 아버지는 예전부터 자신의 어릴 적 꿈이 '시인' 아니면 '글 쓰는 사람'이었다고 말씀하셨다. 그와 동시에 매번 일기 쓰기를 강요했던 것도 이상하고, 여자 친구가 맘에 안 들면 확 헤어져버리라고 한 적도 있었다(나에게 영감을 주기 위해 일부러?). 그리고 보니 아버지의 일기장을 발견했던 것도 뜬금없는 장소였는데, 어디 잘 보이는 곳에 툭하고 던져 놓으셨던 것은 아니었을까. 모든 것이 나를 글 쓰는 사람으로 만들기 위한 치밀한 계획이 아니었을까(죄송합니다. 장난스런 망상은 그만하겠습니다). 어찌 됐든, 내가 일기를 써오지 않았더라면 겁도 없이 다른 종류의 글을 써보겠다는 엄두조차 내지 못했을 것이다. 뭐, 이 책도 일기에서 크게 벗어난 수준은 아니지만.

　매번 아버지께 일기 쓰기를 강요한 이유를 물어보려다 잊어버렸는데 오늘은 그 이유를 물어볼 겸 오랜만에 아버지와 오붓한 시간을 보내볼까.

"아빠, 어렸을 때 왜 자꾸 일기 쓰라고 강요했던 거야?"
"그냥, 내가 써보니까 좋길래."
"에이, 난 또 뭔 큰 뜻이 있는 줄 알았네."

우리가 사진을 남기는 이유는 소중했던 순간을 추억하기 위함입니다. 제가 글을 쓰는 이유는 그러한 순간들을 더욱 생생하게 간직하기 위함이구요. 저희 아버지처럼 일기쓰기를 강요할 생각은 없지만 시간이 지난 후 읽어보면 아버지의 말씀처럼 그냥 좋더군요. 물론, 쓸 때는 여간 귀찮은 게 아니지만.

말이 나와서 하는 이야기인데, 저는 '그냥 좋다'라는 표현을 제일 좋아합니다. '좋다'라는 표현 중에 가장 궁극적인 표현이 아닐까요.

편견

아버지는 아직도 예전에 가정형편만 괜찮았더라면 자신의 아들이 서울대에 갔을 거라고 이야기 하신다. 농담인지 진담인지 도무지 구분할 수가 없다. 에이 말도 안 된다고, 아들을 너무 과대평가한다고 하면서도 이것 또한 자식 사랑의 일부분이라는 것을 알고 있다. 나는 아버지를 대동하여 친구들과 함께 가끔씩 술자리를 갖는데 아버지는 공부에 관해 일말의 연관성이라도 있는 이야기가 등장하면 다시금 말씀을 꺼내신다. 자꾸만 확인받고 싶어 하시는 것을 보니 아무래도 진담인가 보다.

"애들아, 아버지가 관희 어렸을 때부터 공부 좀 제대로 시켰으면 서울대나 못해도 그 언저리 대학 정도는 가지 않았을까, 어떻게들 생각해?"

그러자 놈들은 망설임도 없이 대답한다.

"아버님, 그건 진심으로 아닌 것 같습니다."

"그래도 관희가 뒤늦게 혼자 힘으로 명지대까지 졸업한 거 보면 여간 똑똑한 게 아닌 것 같은데."

"아버님, 솔직히 명지대도 기적이었습니다."

아버지의 얼굴엔 실망한 기색이 역력했지만 나는 그 모습에 웃음이 터져 나왔다. 시간이 지나 다시 만나게 되더라도 아버지는 재차 물어 볼 것이고 친구들은 그때와 같은 대답을 할 것이다. 그렇게 아버지는 매번 실망하게 될 테지만 원하는 대답을 들을 때까지 물어 볼 것만 같다. 뭐, 당사자이면서도 관중의 입장인 나로썬 나름 흥미로운 대결이다. 누가 이길까. 결과에 관계없이 양쪽 다 솔직해서 좋다.

저에 대한 관심과 사랑에 고마움을 표합니다. 어찌되었든 간에 아버지, 그리고 친구들. 저는 이제 또 다른 기적을 만들기 위해 시동을 겁니다.

나이가 든다는 것

인간이라면 누구나 나이가 든다.
지구상의 어떤 인간도 그 사실을 부정할 순 없다.

스물아홉, 나는 내 인생이 머지않아 소멸할 것만 같은 기분이었다. 이제 곧 서른이라는 현실을 인정하고 싶지 않았다. 우리가 파릇파릇했던 시절, 한 번쯤은 서른이란 나이를 상상해봤을 것이다. 어린 내가 상상했던 서른은 '성숙한 어른'이기도 했고, '돈 많은 어른'이기도 했다. 사랑하는 배우자와 행복한 인생을 누리는 모습도 그려보고, 토끼 같은 자식 한둘을 키우는 부모의 모습도 떠올렸다. 마치 매혹적인 자태를 뽐내는 보석처럼 서른이란 이미지는 오랫동안 나의 뇌리에서 반짝이고 있었다.

서른이 된 순간, 아니, 스물아홉 시절부터 초콜릿처럼 달콤했던 상상들은 서서히 녹아내리기 시작했다. 누구는 성공했다며 떵떵거리고 누구는 결혼을 해서 가정을 꾸렸지만, 정작 나는 돈에 허덕이며 알바를 뛰고 있는 대학생이었다. 씁쓸하고 도 초라하기 짝이 없는 현실을 받아들여야만 했다. 늦은 나이에 대학을 들어간 건 자발적인 선택이었기에 후회한 적은 없었다. 하지만 막상 돈도, 여자 친구도 없는 서른 살의 대학생이 되고 나니 가슴 한 구석이 서늘한 기분이었다. 이루어 논 것 하나 없는 스스로를 질책하면서도 안쓰러운 내 자신을 위로하며, 나는 서른이란 나이를 맞이했다.

서른이란 놈은 어떤 방법을 써서라도 시작하기 전에 꺼버리고 싶은 공포영화와도 같았다. 서른이란 나이가 왜 그리도 무서웠던 건지. 10년간 유지해왔던 2라는 앞자리 숫자가 곧 3으로 바뀌어야만 한다는 두려움, 3이라는 앞자리 숫자를 다시 10년간 짊어지고 가야 한다는 뼈아픈 사실이 어찌나도 애석하던지. 언제나 두 팔 벌려 온몸으로 맞이했던 따스한 봄날조차도 서른이란 나이 앞에선 무색해졌고, 결국 나는 한탄스런 20대의 마지막 겨울을 보냈다.

이 모든 과거들을 지금 생각하면 피식하고 웃음만 나올 뿐이다. 별일도 아닌 걸로 왜 그리 꼴값을 떨었는지, 부끄러우면서 귀엽기까지 하다. 나이란 단지 숫자 하나로 간단하게 규정지을 수 있는 개념이 아니란 것을 그때는 미처 몰랐다.

엄연히 말하자면, 나이가 들어감을 실감할 수 있는 것은 단순한 숫자보단 몸의 변화이다. 우리의 몸은 줄곧 성장만을 해왔기에 반대로 노화가 시작되면 그 사실을 인지하지 못할 뿐더러 스스로가 인정 자체를 거부한다. 하지만 나의 몸이 더 이상 성장하지 않고 오히려 쇠퇴하고 있다는 것을 처음으로 감지하는 순간, 비로소 나이를 먹어가고 있다는 사실을 인정하고 받아들일 마음의 준비를 하게 된다. 몸이 늙는다는 것은 '20대가 꺾여서 슬프다'고 주절거리는 넋두리나 '내일 모레면 나도 30대이니, 완전 늙었다'고 지껄이는 푸념과는 사뭇 다른 느낌이다.

이를테면, 샴푸 거품 속 여기저기 뭉텅이로 빠져있는 머리카락들을 발견할 때, 하루가 멀다 하고 머리카락들로 방바닥이 너저분해질 때, 두 손 가득 잡히다 못해 삐쳐 나왔던, 돼지털같이 빳빳했던 머리카락이 어느새 흐물흐물 가녀린 상태가 되어 한손으로도 가볍게 움켜쥘 수 있을 때, 이러한 상황들을 처음 맞닥뜨리게 되면 당혹스러움을 감출 수 없는 것은 물론이고 심히 걱정하게 된다. 병에 걸린 걸까……. 결국은 나에게도 탈모가 온 것인가!!!!!! 하고. 하지만 나중에서야 깨닫게 된다. 아주 자연스럽게 '노화'가 진행되고 있다는 것을.

어디 그뿐이겠는가. 모공의 크기는 점점 넓어지거니와 얼굴의 주름들은 하나둘씩 늘어가다 못해 점점 뚜렷해진다. 슬금슬금 올라오던 새치는 어느새 무성해져 색을 내기 위한 염색이 아닌 색을 가리기 위한 염색을 해야만 하는 상황도 닥쳐온다.

이렇듯 싱싱하던 나의 몸이 조금씩 퇴화의 과정을 밟아간다는 사실을 몸소 인정하고 받아들여야만 하는, 그 부정할 수 없는 현실 속에는 숫자만으로는 절대 느낄 수 없는 슬픔이 서려 있다.

"아빠, 나 완전 늙은 것 같아."
"새파랗게 젊은 놈이 못하는 말이 없네."

언젠가 부모님께 나이 들었음을 토해낸 적이 있다.
"여기 정수리 좀 보세요. 머리카락이 없다구요. 우리집안에 대머리가 있었나요. 탈모에 번데기가 그렇게 좋다는데 대량으로 사서 먹어볼까요. 엄마, 주름 개선 화장품 쓰는 거 있죠? 여기 눈가 주름이랑 팔자 주름이 점점 진해지고 있어서 좀 발라보려구요. 네? 살이나 빼라고요? 이 살들도 다 나잇살이라고요!" 정말 새파랗게 젊은 놈이 못하는 말이 없었다.
어느새 내 나이 서른다섯. 30대가 되면 눈 한번 깜짝일 때마다 한 살씩 더 먹게 된다는 말로만 듣던 전설이 거짓이 아니었다는 사실에 새삼 놀라곤 한다. 그럼 마흔이 된다면 어떨까. 나로썬 아직 그 시간이 얼마나 빠르게 흘러갈지 상상조차 할 수 없다.

흔히들 나이는 숫자에 불과하다고 한다. 그 말은 즉, '어떤 일을 해내는 데 있어서 나이는 크게 영향을 끼치지 않는다'는 의미이다. 하지만 이 긍정 가득 담긴 말도 인간의 노쇠함을 거스를 수는 없는 법. 아무리 의학기술이 발전하였다 해도 자연의 순리를 거부할 수는 없다. 70대의 노인이 20대의 파릇파릇한 젊은이와 같은 외형을 지니고 있다면 그것은 이미 사람이 아닐 것이다. 인간은 늙어야만 한다는 것, 그리고 결국엔 한 줌의 흙으로 남겨진다는 사실은 세상 가장 믿고 싶지 않은 진리일 수밖에 없다.

20대에는 나이 들어간다는 것이 불행한 일임에 틀림없다고 여겼다. 아저씨가 된 내 모습을 상상하는 것만큼 무서운 일도 없었다. 하지만 불행하리라 믿어 의심치 않았던 30대 중반의 아저씨가 되었음에도 지난날과 다름없음을 새삼 느낀다. 아마도 10대, 20대, 30대 모두 현저히 다른 시절들이지만 그 안에는 그 시절만이 선사하는 행복들이 존재한다는 것을 감지했기 때문일 것이다.

그래서인지 언젠가부터 공원에서 바둑이나 장기를 두는 노인들을 더 이상 애처롭게 쳐다보지 않게 되었다. 그분들의 최대 행복은 공원에 있을지도 모르니까. 한마디로 어린 시절 운동장에서 뛰놀던 때나, 20대에 친구들과 클럽에서 춤출 때, 30대에 술 한 잔 기울이며 수다를 떨어 댈 때의 즐거움과 크게 다르지 않은 것이다. 아직 확신할 순 없지만 우리도 나이가 들면 즐거움을 얻기 위해 공원이나 노인정을 찾게 되지 않을까. 행복의 조건에 나이는 포함되지 않는다. 아직은 새파랗게 젊은 놈이지만 조금씩 알아가고 있다.

치과 가기를 죽기보다 싫어했던 어린 시절을 거쳐, 불금이나 토요일에 약속이 없으면 우울했던 20대가 지나갔다. 이제는 혼자만의 노곤함도 소중히 여길 수 있는 30대. 새로운 취미를 하나둘씩 만들어가는 재미와 오순도순 한 살씩 먹어가는 친구들과 함께하는 즐거움이 존재한다. 늙었다고 하소연하는 철없는 아들에게 '이리 와서 정수리 좀 보라며, 네 머리는 새 발의 피라며' 기어코 자신의 정수리를 보여주시는 아버지의 모습에 웃음이 터지기도 하고, 이제는 염색약도 주름개선 화장품도 같이 나누어 쓰는 어머니가 곁에 있기에 행복하다. 그렇게 나는 세월의 두려움을 잊고 사는지도 모르겠다.

아직 인생의 반절 이상이 남았다. 절대 만만치 않을 미래를 맞이하기 위해선 온 힘을 다해야만 할 것이다. 그래도 쓰디쓴 아메리카노에 달달한 디저트를 곁들이는 것처럼, 험난한 인생이란 것도 천천히 음미하며 달콤한 요소들을 즐길 수만 있다면 보다 만족스러운 삶을 영위할 수 있진 않을까.

사람, 책, 음악, 영화, 와인 한잔과 같은 달콤한 요소들.

우린 왜 살아가는 걸까

만약 내일 당장 죽게 된다면 오늘 하루는 더 없이 특별하고 귀중한 날이 되리라는 것쯤은 누구나 알고 있다. 하지만 하루하루를 그러한 마음가짐으로 살아간다는 것은 모든 철학사상이나 양자역학과 같은 복잡한 개념들을 완벽히 이해하며 살아가는 것만큼이나 어려운 일이다. 그럼 어떻게 살아가야 하는 걸까. 답은 없다. 그래서 자신 스스로가 그 답을 만들어야만 한다.

"관희야, 인생이 뭐라고 생각하냐, 우린 왜 발버둥치면서 살아가는 거냐. 힘들다, 힘들어."

"인생이 뭐냐고? 왜 살아 가냐고? 음… 마지못해 사는 느낌도 있긴 한데, 그래도 내 자신을 만들어 가는 재미라는 게 있지 않아? 인간은 불완전한 존재라서 아무리 용을 써도 완벽해 질 수 없어. 시간의 한계성도 있고 말이야. 우린 죽음을 피할 수 없다는 사실을 알면서도 어떻게든 살기 위해 발버둥치는 존재들인 거지. 이처럼 인간의 삶은 부조리하지만 희한한 사실은, 삶이란 과정 안에서 행복을 느낄 수 있는 동물이 인간밖에 없다는 거야. 일반 동물들은 자연적인 욕구 충족에 만족하는 수준인 반면, 우리는 무수히 많은 다른 종류의 행복들을 만들어낼 수 있고 그것들을 느낄 수 있는 능력을 가진 유일한 동물인 거지."

"꼴값 떨고 앉아있네."

"꼴값이라 치고 들어봐. 예전에 어느 책에서 봤는데 자신의 감정은 자신이 직접 선택하는 거래. 갑자기 막 화가 나는 것도 그 순간의 감정이 자신에게 도움이 되거나 이익을 가져다준다고 느끼기에 분노라는 감정을 선택한다는 거지. 한마디로 감정이란 스스로가 충분히 선택 가능하고 조절할 수 있다는 거야. 그렇다면 나의 이익을 위해서 기쁘고 행복한 감정 또한 내 스스로 선택할 수 있다는 말이 되는 거잖아, 안 그래?"

"그렇다고 매번 행복한 감정을 선택해서 항상 행복을 느낀다? 그건 말도 안되지."

"당연히 하루하루를 매번 행복하게 보낼 순 없겠지. 하지만 자신의 선택에 따라 삶의 방향과 삶의 분위기가 확연히 달라질 가능성이 존재한다는 이야기잖아. 긍정의 힘! 나는 이런 식으로 행복한 감정들을 선택하면서 살아갈 수 있다고 믿어. 흔히들 '결과'보단 '과정'이라고 하는데 행복 또한 결과라기 보단 과정인 것 같아. 아마도 그 과정 안에는 내 자신과 주변 사람들이 존재하고 있겠지. 행복이란 가까운 주변인들을 떼어놓고는 생각할 수 없는 거니까."

"너의 행복 안에는 주변인들이 아니고 '덕질'이 존재하겠지. 나이 처먹고 아이유니, 아이즈원이니, 마츠다 세이코니"

"인정, 근데 너도 하잖아, 덕질"

"너한테 조금 옮았을 뿐이지, 너랑은 달라 이 오타쿠 놈아"

친구야, 힘든 인생 왜 살아가느냐고 물었지? 내가 너에게 살아갈 수많은 이유 중 한 가지를 제공했음을 잊지 말아라.

"친구야"
"왜"
"넌 나의?"
"비올레타…하……."

세월의 묘미

내가 막 성인이 되었을 무렵, 진심으로 궁금한 행동들이 있었다. 어른들이 나무에 등을 대고 문지르거나 부닥치는 행동, 앞뒤로 손뼉을 마주치면서 산책을 하는 행동, 죄다 운동기구들을 붙잡고선 별 의미 없어 보이는 동작들을 반복하는 행동. 도대체 왜 저러는 걸까.

특히 손뼉 치기나 등 부닥치기는 일종의 의식처럼 느껴지기도 했는데, 기우제를 위해 제사장이 읊어대는 주술과도 같이 건강을 비는 어른들의 염원, 그 이상도 이하도 아닌 것 같았다. 마치 음악을 들을 때 리듬감에 맞춰 고개를 끄떡이거나 어깨를 들썩이면 음악에 더욱 심취할 수 있는 것처럼, 운동을 더욱 즐겁게 만들어주는 보조역할 쯤 되는 걸까 하고 생각했다. 뭐, 당연히 그 시절엔 모를 수밖에 없었다. 이십대엔 그 모든 행동들을 따라해 보았지만 내 몸엔 아무런 반응이 없었기 때문에.

그렇다면 지금은? 지금이라면 상황이 다르다. 나무가 내 등을 쿵쿵 쳐대면 굽어있던 등 근육이 척추를 따라 제자리를 찾아가는 느낌이 들기도 하고, 손뼉을 앞뒤로 마주치면 뻐근했던 날갯죽지에 활력이 솟기도 한다. 어디 그뿐인가. 윗몸 일으키기 기구에 활자로 누워 하늘을 바라보기만 해도 목에서부터 등과 허리까지 한결 시원해지면서 몸 전체가 나른해진다. 그렇게 윗몸 일으키기커녕 멍하니 푸른 하늘만 바라보며 바람에 스치는 나뭇잎 소리만 들어도 몸과 마음이 힐링된다.

나이를 먹는다는 사실은 삶을 바라보는 시야가 넓어지는 것.
삶을 느낄 수 있는 오감이 한층 민감하게 작동하는 것.
생기를 잃어가는 몸뚱이와는 반대로
응축되어 있던 마음 속 감각들이 하나둘씩 깨어나는 것.
이해할 수 없었던 일들을 조금씩 이해하게 되고
젊음이 시들어가는 만큼 지혜가 싹을 틔우는 것.

아직은 어렴풋하지만 세월에도 묘미가 있다면 이런 것들이
아닐까.

뱃살

꼬르륵 소리가 나서 배에 손을 대 본다.
먹은 것도 없는데 불룩하다.
한숨을 푹 쉬며 양손 가득 뱃살을 뜯어낼 듯이 움켜쥔다.
엄지와 검지 손가락을 이용해 삐져나온 옆구리 살을 잡아
본다. 자괴감이 밀려온다. 한심한 돼지 같으니라고.
그러자 어디선가 환청이 들려온다.

'왜, 난 오빠 뱃살 좋은데.'

미안하다, 뱃살.
너도 한땐 사랑받았구나.

눈을 바라보지 않아도

나는 이야기를 할 때 상대방의 눈을 바라보지 않는다. 그렇다고 아예 고개를 돌린 채로 이야기하는 수준은 아니고, 대화 도중 이따금씩 눈을 마주치게 되면 잠시 머물렀다가는 자연스레 다른 방향으로 돌린다. 어렸을 때부터 습관으로 잘 고쳐지지도 않고 언제가부터는 굳이 고치고 싶지도 않게 되었다. 눈을 바라보는 행위도, 인중을 바라보는 행위도, 수없이 연습해봤지만 그러한 행위들 자체가 영 거치적거리고 대화에 집중력을 잃어버리는 듯한 느낌을 받는다.

그런데 우스운 것은 이러한 행동이 친한 사람들을 만날 경우에만 해당된다는 사실이다. 반대로 낯선 사람이나 다소 불편한 사람과 대화를 하게 되면 말똥말똥한 두 눈으로 상대방의 눈동자 색깔이라도 감별하려는 사람처럼, 눈을 뚫어져라 응시하며 대화를 나누기도 한다. 어차피 불편할 바에야 좀 더 노력해서 예의라도 갖추어보자는 일종의 신경회로가 작동하는 건지, 눈동자를 빤히 들여다 볼 뿐만 아니라 적절한 타이밍에 맞춰 가벼운 미소도 첨가한다(덕분에 첫인상이 좋다는 소리를 많이 듣지만 친구들은 가식적이라며 치를 떤다). 그러나 다시 편한 사람들과 만나서 이야기 할 때면 언제 그랬냐는 듯이 본연의 모습으로 돌아와 시선처리에 그다지 신경 쓰지 않게 된다.

눈을 바라보고 이야기해야 상대방에게 신뢰감을 줄 수 있는 걸까.

낯선 사람과의 대화라면 해당될지도 모르지만 친한 사람과의 대화에서 까지 애써 눈을 바라볼 필요가 있을까. 눈을 바라보는 행위가 '나는 신뢰 있는 사람이에요' '나는 당신에게 최대한의 예의를 표하고 있어요' 와 같은 하나의 시그널이라면 더더욱 친한 사람과의 대화에서는 눈을 마주 치지 않을 것이다. 편한 사람과 있을 때는 최대한 편하게 있고 싶으니까.

눈을 마주치는 행위보다는 오히려 말투나 제스처 같은 것들을 중요하게 생각한다. 예를 들면 고개를 끄덕이거나 이야기를 잘 듣고 있다는 추임새와 같이 이야기에 집중하면 자연스레 나오는 행동들, 인위적으로 만들 수 없는 그 장소와 그 사람만의 분위기 같은 것들이 신뢰감을 형성하는 요소들에 훨씬 더 근접하다고 본다.

이러한 신념 때문인지 몰라도 친분의 강도가 애매한 사람이 내 눈을 똑바로 쳐다보며 이야기할 때는 나에게 무언가를 원하는 눈빛처럼 느껴지기도 한다. 마치 내 마음 속을 깊숙이 들여다보고 나라는 사람을 한 번 파헤쳐보겠다는 의지가 보이는 것처럼 말이다. 이글거리는 두 눈을 바라보고 있으면 편안했던 마음이 싹 달아난다.

그렇다고 그 사람들이 정말 그러한 심정으로 나를 바라봤다고 생각하진 않는다. 아마도 나와는 정반대로 눈을 보고 이야기 하는 행위가 습관화된 사람들이겠거늘, 하고 넘어간다.

눈은 마음을 드러내는 창이라고 한다. 하지만 친분이 두터운 사람에겐 굳이 마음을 드러내려고 노력하지 않아도, 눈을 바라보고 말하지 않아도 마음을 충분히 드러낼 수 있다. 누군가와의 만남에 있어서 나를 빤히 들여다보든 말든, 둘이든 셋이든 상관없이 편안한 분위기 속에서 자연스러운 내 본연의 모습을 드러내는 것보다 중요한 일은 없다. 가장 편한 상대와 가장 편한 상태로 만나서 내가 좋아하는 것들에 대해 가장 편하게 이야기할 때, 어느 때보다 의미 있는 시간을 보낸 느낌이 든다.

편한 사람과의 만남에서조차 눈동자를 빤히 바라보며 이야기하는 것이 습관화된 사람이라면, 한 번쯤은 그 형식적인 루틴에서 벗어나 보는 건 어떨까. 다른 사물을 응시해보기도 하고 흐리멍덩한 눈동자로 상대방을 지긋이 바라보기도 하면서 내가 가질 수 있는 최대한 편한 상태로 대화에 임해 보는 것이다. 색다른 느낌이지 않을까. 오히려 불편할 수도 있겠지만.

상대방의 눈을 바라보며 이야기하는 행위를 어색해하는 사람이 많아요. 걱정하지 마세요. 지극히 정상입니다. 오히려 자신이 가장 편한 상태로 대화에 임하고 있다는 반증일지도.

소중한 이가 남기고 가는 것

2006년 8월 10일, 한창 군 복무를 하던 시절, 한 통의 전화가 걸려왔다. 형의 친구였다.

"광민이 오토바이 사고로 죽었다. 난 이것만 전한다."

저 형이 정신이 나간 걸까, 진정 미친 걸까, 하고 멍 때리는 도중 전화가 끊겼다. 희한했다. 분명 미친 소리는 맞는데 굳이 부대에까지 전화해서 저런 장난을 칠 수가 있을까. 혹시나 하는 마음에 엄마에게 전화를 걸었다.

"엄마, 내가 지금 이상한 개소리를 들었는데…….."

엄마의 울음소리가 수화기 너머로 생생하게 들려왔다. 그제야 눈물이 왈칵 쏟아졌다. 나는 어린아이처럼 펑펑 울면서 지금 당장 나를 여기서 빼내달라고, '무조건' 나갈 수 있게 해달라고 엄마에게 하소연했다. 엄마는 바로 휴가를 받을 수 있게 해주겠다고 약속했다. 가족이 상을 당했다면 군말 없이 휴가가 주어졌겠지만 나는 외동아들이었고 피를 나눈 친형은 없었기에 재차 엄마에게 '무조건'을 강요할 수밖에 없었다. 나에겐 갓난아이 시절부터 같이 자란 친형제와도 같은, 어쩌면 그보다도 더 소중했던 사람이 있었을 뿐이었다.

형을 보내고 난 후 한동안 제정신이 아니었다. 사람이 정신적으로 큰 충격을 받으면 육체와 의식이 따로 분리된 상태로 살아갈 수도 있다는 사실을 처음 느꼈다. 육체는 현실의 공간에, 의식은 가상의 공간을 떠돌다가 누군가 내 이름을 부르거나 몸을 툭툭 쳐 줘야만 그 두 가지가 다시금 결합되는 느낌. 나는 몇 달을 그런 감각을 지닌 채로 살아야만 했다.

형은 지속적으로 꿈에 등장했다. 진짜 형이 맞느냐며 그의 품에 안겨 펑펑 울기도 하고, 도망 못 가게 형의 옷자락을 꽉 붙잡고서 이야기를 나누기도 하고, 어린 시절로 돌아가 예전처럼 신나게 뛰어 놀기도 했다. 그리곤 꿈에서 깨어 날 때면 한동안 멍하니 누워 꿈과 현실의 경계선에서 헤어 나오질 못했다. 그를 하늘로 떠나보낸 경험을 겪은 이후, 13년간 겪어온 이별의 아픔, 실패와 좌절, 쓰디쓴 삶에 대해서도 어느 정도 내성이 생겼다. 지금까지 살아온 세월 중에 그를 보낸 순간만큼 힘든 적은 결코 단 한 번도 없었으니까.

하지만 그 소중했던 존재도 점점 희미해지고 잊혀져간다. 나는 그 사실을 부정할 수 없다. 그토록 사랑했던 사람이었음에도 불구하고…….

과거, 소중했던 존재는 자신을 지우는 대신 또 다른 소중한 무언가를 남기고 간다. 그는 나에게 상실의 의미와 함께 자신의 친구들을 남기고 사라졌다. 마치 자신의 분신처럼. 자신은 현생을 조금 더 일찍 떠났을 뿐이니, 그런 자신을 생각하며 더 이상 슬픔에 얽매이지 말라는 듯이… 힘들 때 자신이 남겨준 사람들에게 의지하기도 하고, 자신이 선사해주었던 모든 추억과 감정을 토대로 앞으로의 현실을 용기 있게 헤쳐 나가보라는 듯이… 그리고 가끔은 다 같이 모여 자신을 추억해 달라는 듯이…

소중했던 과거들과 어떠한 존재들, 그리고 그것들이 남기고 간 감정과 의미를 생각해 본다. 남겨진 것들… 그리고 남겨질 것들… 나는 그 모든 것을 더욱 소중히 여기며 앞으로 짊어질 삶의 무게를 덜어 내보고자 한다.

죄송하지만 개인적인 편지 한 통만 보내겠습니다.
읽지 않으셔도 됩니다.

형에게 보내는 편지.

어렸을 때 형은 골목대장이었어. 그 권위를 바탕으로 온 동네 애들은 다 괴롭히고 다니면서도 나한테만은 잘해줬지. 주머니 속에 작은 보석을 지니고 다니듯이 나를 데리고 다녔던 기억이 나. 그러다 어린 나이에 부모님을 여의고부턴 우리 집에서 밥도 먹으면서 거의 살다시피 했어. 분명 우리 집이고, 내 컴퓨터였는데 오랜 시간 앉아서 인터넷을 할 때면 매번 형의 눈치를 봐야만 했지. 그래서 결국 서로가 인터넷 사용시간을 반으로 나누어 이용 했던 거 기억나? 친형제가 있었다면 딱 이런 상황이었겠지?

생각해 보면, 우린 새로 산 옷을 서로가 한 번도 칭찬해 준 적이 없었어. 그리곤 영 입을 옷이 없다며 그 새 옷 한번만 빌려 달라고도 했어. 오랫동안 같이 일했던 주유소에서도 매번 티격태격. 가끔은 어딜 가나 내 곁에 있는 느낌에 지겹고 짜증날 때도 많았지만, 내가 약속이 취소되거나 혼자가 되면 결국은 형의 전화번호를 누르고 있었어.

군 입대 할 때도 장사로 바쁘신 부모님을 대신해 형이 부대 앞까지 바래다주었지. 끝까지 바래다주겠다는 부모님에게 나는 '형이 있으니까 괜찮다'고 했어. 형은 가족과 다름없었으니까. 군부대 근처에서 내 뽀글뽀글 파마머리를 바리깡으로 세차게 밀어댈 때, 형은 이런 즐거운 진풍경을 다시는 못 볼 것처럼 깔깔깔 웃어댔었지. 그 웃음이 마지막은 아니었는데도 왜 그리 기억에 남는지.

형은 오랜 기간 동거하는 여자 친구 앞에서도 당당하게 이야기하곤 했어. 나에겐 너보다 관희가 더 소중한 존재라고. 그럴 수밖에 없다고.

형이 나에게 남겨준 것은 셀 수도 없이 많지만 그 중에서도 가장 나를 괴롭히는 것은 음악이 아닐까 싶어. 괴롭힌다고 하기보단 축복이라고 하는 편이 맞을까. 엑스재팬, 말리스 미제르, 라르크 엔씨엘을 비롯한 건즈앤로지스, 본조비, 너바나 등등 우리가 함께 좋아하던 음악을 들을 때면 옛날 그때 그 추억 속으로 빠져들곤 해. 그래서 여러 음악을 즐겨 들어도 가장 애착이 가는 건 밴드 음악인지도 몰라. 어쩔 땐 그냥 내 일상에 형이란 존재가 녹아들었나 싶기도 하고.

형과 함께 그 시절, 친구와 음악이 인생의 전부인 것처럼 미친 듯이 어울려 다니던 그때가 가끔씩 그리워. 내가 형을 칭찬해준 적은 별로 없지만 조그마한 클럽 무대 위에서 메탈리카 'Fuel'를 부르던 모습은 정말 멋있었어. 비록 발음도 제대로 안

되는 영어가사를 겨우겨우 외워서 고함을 지르는 수준에 불과했지만 무대를 방방 뛰어다니던 열정만큼은 그 누구에게도 뒤지지 않았으니까.

어찌됐든, 나는 형을 떠나보냈다고 생각해. 형이 보물처럼 남기고 간 형의 친구들, 형의 자리를 조금이나마 대신해 주는 내 친구들 덕분이겠지. 뭐 가끔 이렇게 형을 떠올리며 옛 추억에 잠기거나 글을 끄적일 때면 눈물이 왈칵 쏟아질 것도 같지만 그건 아마도 나이 탓일 거야. 난 형보다 12살이나 많으니까. 그러니 섣부른 감동은 자제하시는 게…….

쓰다 보니 말이 길어졌네. 그럼 이만, 우리 나중에나 보자구요. 오랜 시간이 걸리겠지만.

잠든 얼굴

가끔씩 늦은 시간에 귀가하게 될 때면 안방에 들어가 편안히 잠들어 계신 부모님의 얼굴을 내려다본다. 철없을 적에는 '많이 기다리셨죠' '아들 지금 들어왔어요' 하고 눈치 없이 인기척을 내거나 굳이 깨워서 하루의 일상을 간단히 이야기하곤 했는데, 언제부터인가 살금살금 들어와 두 분이 자는 모습을 지긋이 바라보는 습관이 생겼다. 오늘 하루도 힘드셨는지 세상모르게 자고 계신 그 모습을 보고 있으면 나도 모르는 사이 입가에 미소가 찾아온다. '새근새근'이라는 표현이 어울릴 정도로 곤히 잠들어 있는 얼굴을 가만히 바라보고 있으면 마음이 편안해진다.

사랑하는 사람의 얼굴을 나 혼자 몰래, 아무런 말없이 내가 보고 싶은 만큼 볼 수 있는 유일한 시간은 그 사람이 잠들어 있는 시간이다. 고요한 공간 안에서 그 사람을 바라볼 때면 한층 더 깊이 있게 상대방에 대한 나의 감정을 느낄 수 있다.

'같은 공간에 함께 할 수 있다는 자체만으로도 행복한 감정'

잠자는 모습은 사랑스럽다. 사랑스러운 모습이 나의 눈동자에 담기고 마음속으로 흘러내려 서서히 번진다. 연인이건 자식이건 부모건 간에 그 짧고도 귀중한 시간을 함께 보낼 때면 매번 다짐하게 된다.

'지금 이 모든 순간과 감정들을 기억할게. 그리고 꼭 부끄럽지 않은 사람이 될게.'

행복해지기 위해서

　불만으로 가득한 사람들이 행복을 느끼지 못하는 이유는, 그들은 다른 사람에게 불만을 표출함으로서 행복을 느끼기 때문일지도 모릅니다. 단지 찰나의 행복을 얻기 위한 수단으로 계속해서 불만을 생성해 내야만 하기에 그들은 불행할 수밖에 없는 건 아닐까요.

　행복해지기 위해서 어떠한 방법을 취해야만 한다고 단정 지을 순 없습니다. 행복은 작디작은 것에 담겨 있다는데 작은 행복의 소중함을 느껴보는 일은 말처럼 쉽지만은 않으니까요. 내 눈과 마음엔 온통 불행한 일들만 밟히는 것이 현실입니다.
　그럼 작은 것에도 행복을 느낄 줄 아는 사람들은 애초에 행복 감지회로라도 장착한 채 태어난 걸까요. 아마도 아닐 겁니다. 개인적인 생각으론 모든 것은 노력이지 않을까 싶습니다. 겉모습만 보고 '저 사람은 마냥 행복해 보이네' 라고 평가한다면 곤란합니다. 행복을 느끼는 사람들은 행복해지기 위해 끊임없이 노력하는 사람들이라고 봅니다. 절대로 행복에 겨워 사는 사람들이 아닙니다. 괴로워도 슬퍼도 울지 않는 사람들이 아니에요. 괴로울 땐 좌절감도 느끼고 슬플 땐 펑펑 눈물도 흘리지만 다시금 행복을 가슴 깊이 새길 준비를 하는 사람들입니다. 행복이란 감정을 누리기가 말처럼 쉽지 않다고, 그게 세상에서 가장 어려운 일이라고 단정하고 포기해 버린다면 삶은 무의미해진다는 사실을 깨달은 사람들일 것입니다.

무엇이든 진심으로 최선을 다해 노력했다면 그 나름대로의 보상이 주어지기 마련입니다. 달고 단 열매뿐만 아니라 쓰디쓴 열매 또한 보상의 일편이죠. 모든 것을 포기하고 주저앉아 불평만을 늘어놓는다면 우리에겐 아무런 변화도 일어나지 않습니다.

우리는 고통들을 이겨 내가며 죽을 때까지 발악해야 하는 존재들일지도 모릅니다. 이야기만 들어도 벌써부터 힘이 쭉 빠지는 느낌이죠. 그냥 포기하고 편하게 사는 방법만을 궁리하며 살아가는 편이 나을 수도 있습니다. 하지만 역설적이게도 아무 생각 없이 편안함만을 추구하다 보면 결국엔 '과연 이대로 나는 행복한지'에 대한 회의감에 부딪치게 될지도 모릅니다.

저와 같은 경우엔, 조금이라도 관심을 가질 수 있거나 '난 이걸 할 때 참 좋았더라' 라고 생각되는 일들부터 차근차근 반복적으로 해봄으로서 소소한 행복을 느껴 보려 합니다. 그리고 그 종류와 범위를 하나둘씩 넓혀갑니다. 삶의 무게가 버겁기만 하고 살아갈 힘이 나지 않을 때도 '이것'을 할 때만은 행복한 요소들, 사소한 것들이라서 내가 놓쳐버렸던 '이것'들을 찾아봅니다. 그렇게 보잘것없는 요소들에도 행복을 느낄 수 있는 내 자신을 만들어 가는 일. 그 행위가 저에게 있어선 행복해지기 위한 일련의 노력입니다. 절대 쉽지 않음을 잘 알고 있습니다. 하지만 그러한 일이 습관화되면 생각보다 어렵지 않으리란 용기 또한 가져봅니다.

  어떻게 생각하세요. 정답은 없습니다. 저는 단지 우리도 좀 행복해졌으면 하는 바램입니다.

꿈을 누릴 자격

한 개인이 실현하고자 하는 최고의 가치인 꿈. 이 꿈이라는 단어가 주는 어감은 신비롭습니다. 그렇지만 이 단어의 희망적인 이면에는 인간의 욕구라는 본성에서 파생된 '욕망'이 자리 잡고 있습니다. 꿈은 또 다른 꿈을 부르고 서로가 먹고 먹히는 관계랄까요. 꿈을 이룬 자는 또 다른 꿈을 찾는 여정을 떠날 수밖에 없고 그러한 과정에서 자칫 허무주의나 염세주의에 빠질 수도 있습니다. 어쩌면 꿈이란 이루어질 수 없는, 말 그대로 이상주의적 개념일지도 모릅니다. 때문에 결과보단 과정, 그 과정 안에서 얻는 깨달음이 '꿈의 실현'이지 않을까 하는 생각도 해봅니다.

많은 사람들이 성공의 영광을 오로지 자신의 노력 덕분이라고 여길지도 모르지만 그건 착각에 불과합니다. 공동체 사회에서 타인의 도움과 희생 없이 그 노력이 빛을 발하기는 어려운 일입니다. 또한 공정한 룰 안에서 피나는 노력으로 도달한 꿈일지라도 자신의 의도와는 다르게 누군가는 상처받고 패배자로 전락하기도 합니다.

혹시라도 꿈을 이룬 사람이 있다면 진지하게 되뇌어 보길 바랍니다. 자신을 하늘 높이 띄워준 바람과도 같은 조력자들과 자신의 발아래 밟혀 패배자란 이름으로 고통받은 수많은 이들을. 그리고 그런 존재들을 항상 자각할 수 있기를 바랍니다. 그래야만 겸손이라는 위대한 태도를 갖출 수 있고 꿈을 향유할 수 있는 자격이 주어진다고 생각합니다.

CREEP

　남녀 간의 사랑을 표현한 음악들이 있다. 사실 거의 대부분이 사랑과 이별을 노래한다고 해도 과언이 아닐 정도로 수두룩하다. 그만큼 사랑이란 주제는 여러 사람의 공감대를 이끌어내기 쉬운 주제이다. 하지만 그런 노래가사에 전혀 공감하지 못하는 사람들도 있다. 그리고 그 수가 의외로 많다는 것도 부정할 수 없는 현실이다. 사랑은 어느 누구나 경험할 수 있는 감정이 아닌 것은 물론, 어른이 된다고 자연스레 겪는 감정도 아님이 분명하다.

'열심히 공부해서 대학교에 가면 멋진 애인이 생길 거야.'

　부푼 기대감으로 대학교에 입학했지만 막상 졸업할 때까지 솔로인 경우, 그렇게 졸업을 한 이후 10년이 지나도 여전히 솔로인 상황. 정말 너무나 안쓰럽게도 나는 그런 사람들을 수없이 봐왔다. (전 항상 그들을 응원합니다)
　반대로 같은 사랑이지만 일방적인 사랑, 즉 짝사랑이라면 이야기가 다르다. 짝사랑은 인간이라면 누구나 경험해봄직하고 공감할 만한 감정이다. 얼핏 보면 단순해 보일 수도 있는 이 짝사랑이란 감정도 일반적인 사랑처럼 다채로운 모습을 지니고 있다. 그런 만큼 짝사랑을 표현한 음악들 또한 그 성격이 다양하다.

우선 짝사랑이라면 나도 모르게 "마주치는 눈빛이~"라는 가사와 멜로디가 먼저 떠오른다. 국민 애창곡이라고도 볼 수 있는 주현미의 '짝사랑'은 상대방에게 푹 빠져있는 화자의 감정을 천진난만하면서도 사랑스럽게 표현한 노래이다. 이와 같은 분위기로 치즈의 'Everything to'라는 노래도 참 좋아한다. 조금은 애틋하지만, 풋풋한 짝사랑의 감정을 잘 풀어낸 가사와 멜로디가 기분을 산뜻하게 해준다.

그렇다면 짝사랑의 또 다른 이면에는 어떠한 감정이 있을까. 누구나 예상할 수 있겠지만 바로 '처절함'이란 감정이다. 아무리 원하고 원해도 쟁취할 수 없을 것만 같은 비참함.

대표적인 음악으로 십센치의 '스토커'라는 노래가 있다. 짝사랑의 슬픈 감정을 심도 있고 차분하면서도 처절하게, 더 나아가 찌질하게 표현한 노랫말은 짝사랑을 해본 사람이라면 누구나 공감할 만한 곡이다. 그리고 이와 같은 선상에서 국내를 벗어난 음악들 중 개인적으로 한 곡만 꼽으라면 역시 라디오헤드의 '크립'이 가장 먼저 떠오른다.

잠시 라디오헤드와 크립에 대해 설명해보자면,

크립은 라디오헤드라는 밴드의 이름을 세계적으로 알리는 계기가 된 명곡이다. 하지만 정작 본인들을 비롯한 라디오헤드의 골수팬(저요!)들은 그다지 좋아하지 않는다. 간단하게 풀어보자면 라디오헤드는 언제 어디서나 메가 히트곡인 '크립'만을 불러주길 원하는 대중들의 요구를 못마땅해했고, 크립이 수록된 1집 앨범 '파블로 허니'는 자신들이 추구하는 음악이라기보단 당시 대중성과 유행의 흐름을 중요시한 음반사의 입맛에 맞춘 음악이었기 때문이다.

골수팬(접니다!)들의 경우도 같은 맥락이라고 볼 수 있다. 단지 크립을 좋아하지 않는다고 하기 보단 크립이 수록된 1집 '파블로 허니'를 자주 감상하지 않는다고나 할까. 정확하게 표현하자면 가장 '라디오헤드적이지 않은 앨범'이기에 가장 손이 가지 않는 앨범, 즉 라디오헤드가 구현해내고자 하는 확고한 음악적 세계와 가장 동떨어져 있는 느낌이 다분한 앨범으로 평가한다.

그래도 팬들은 모든 앨범과 모든 곡들을 사랑한다. 크립의 성공이 없었더라면 지금의 라디오헤드가 존재하지 않았을지도 모르니까. 크립이란 노래가 탄생하게 된 배경도 있지만 혹시나 궁금하시면 인터넷 검색을…….

제목부터가 닮아 있는 십센치의 '스토커'와 라디오헤드의 '크립'의 가사 내용은 상당히 우울하다(CREEP이란 단어는 비호감적이고 불쾌한, 그래서 약간 소름끼치는 사람을 지칭하는 비속어라고 합니다). 두 곡 모두 처절하다 못해 찌질함의 극치를 달리는데, 다만 '크립'의 가사가 한층 더 자기비하적이고 처참한 심정을 적나라하게 드러낸다.

상대방은 범접할 수 없는, 감히 쳐다볼 수도 없는 천사와도 같은 존재이지만 자신은 특별해지고 싶어도 절대 특별해질 수 없는 존재. 한심하기 짝이 없는, 말 그대로 병신 같은 존재라고 외친다. 결국 그렇게 한없이 초라한 존재가 할 수 있는 일이라곤 떠나가는 상대방을 바라보며 처절하게 울부짖는 일. 그것밖에 없다.

짝사랑을 고백하기란 여간 어려운 일이 아니다. 특히 스토커나 크립의 가사에 십분 공감하는 사람이라면 거의 불가능에 가깝다고 본다. 그런 부담감을 이겨내고 용기 내어 고백한다면 결과에 상관없이 기립박수를 쳐 주고 싶지만 굳이 그런 위험천만한 모험을 할 필요가 있을까. 우리에겐 스토커와 크립이라는 노래가 있음을 기억하자. 짝사랑이 그리워 마음이 저려올 땐, 단지 돈 몇 푼 챙겨서 노래방으로 향하면 된다. 그리고 그 사람을 떠올리며 목 놓아 마음껏 울부짖으면 된다.

RUN! RUN! RUN! RUN~~~~~~~~~~~~~~~~~~~~~~~~~~~

말의 앞뒤가 다르지만, 그래도 좋아하는 사람이 있으면 용기 내어 고백은 해봐야겠죠? 매몰차게 거절당한 후에 크립을 부르면 훨씬 더 맛깔나게 부를 수 있을지도 몰라요. 사람 놀리냐구요? 아닙니다. 저도 왠지 곧 크립을 부를 날이 올 것만 같아서 그래요…….

사랑을 탐구하는 애송이

 남녀 간의 사랑만큼 아이러니한 것이 또 있을까. 인간이라면 대부분이 자신의 행복을 추구하기 위한 행동을 하기 마련이고, 이성을 만나는 행위 또한 그 범주에 포함되어 있다고 여겨왔다. 헌데 연애를 시작하고 사랑이란 놈을 마주할 때면 도대체 내가 행복하자고 하는 짓인지 고통의 나락으로 빠지려는 짓인지 도통 알 수 없게 된다.

 서로 다른 두 영혼이 만나 쉴 새 없이 감정교류를 한다는 것 자체가 쉽지 않은 일임에 틀림없다. 하지만 나는 조금 더 일찍 포기해버리는 경향이 있는 것만 같다. 버티고 버틸수록 이기적인 사랑의 무게에 짓눌려버린다. 서로가 모든 것을 상대방에게 맞추기 위해 노력해왔다고 주장할 뿐, 결국은 서로를 이해하지 못한 채 사랑으로 타올랐던 감정은 소멸된다.

 내가 겪어 왔던 감정들은 사랑이 아니었던 걸까. 단순한 연애질에 그쳤던 걸까.

그렇게 혼자 남게 되면 또 다시 공상에 빠지곤 한다. 진짜 사랑은 내가 모르는 어딘가에서 꽃단장을 마치고 운명적인 순간을 기다리고 있을 거라는 허튼 상상들. 하지만 여러 가지 잡생각들이 뒤섞인 끝에 도출해 낸 결론은 단 하나뿐이다.

'사랑이란 우리가 살아가는 삶만큼이나 어렵다는 사실'

어쩌면 삶보다도 어렵고 삶이 존재하는 이유 자체가 사랑일지도 모른다는 생각도 해본다. 삶은 수동적으로 어떻게든 버텨내면 살아지지만 사랑은 능동적으로 행동하고 발버둥친다 해도 오지 않을 사람에겐 그림자조차 비춰주지 않는 냉정한 그 무엇이니까.

만약 운명이라고 확신할 수 있는 연인이 나타난다면 어떤 기분일까. 정말 미친 듯이 사랑하고 내 모든 것을 희생할 만한 가치를 지닌 사람과 만날 수 있는 영광을 거머쥔다면 나는 무슨 생각을 하게 될까. 드디어 진정한 사랑을 찾았다고 행복에 겨워할까.

사랑을 탐구하는 애송이는 오늘도 이런저런 잡생각들을 늘어놓는다.

아빠의 혼잣말

아빠는 TV를 보면서 자주 혼잣말을 하신다. 정확히 말하자면 혼잣말은 아니고 내가 옆에서 같이 시청할 경우에 질문 아닌 질문을 하는 것이다.

"쟤는 가수여? 뭐여? 쟤는 배우 아니었어? 갑자기 무슨 노래를 한대, 저기 영화에 나오는 동물들 다 가짜지? 컴퓨터 그래픽이지? 내가 다 알아."

뭐, 대략 이런 종류의 혼잣말이다. 정답을 맞히는 확률은 대략 50%. 자신의 기억력을 테스트 하려고 그러시는 건지, 정녕 얼굴과 이름이 매치가 안 되어서 그러시는 건지 도통 알 수가 없다. 그래, 영화에 나오는 동물들은 그렇다 치자. 하지만 다른 방송에서는 친절하게 배우 ○○○, 가수 ○○○ 큼지막한 자막이 밑에 깔리는 걸 보면서도 매번 그러신다. 그럴 때마다 나는 짜증을 낸다.

"아니, 지금 리포터가 계속해서 배우 누구 누구씨, 가수 누구 누구씨 하고 몇 번을 이야기하잖아, 자막에 이름도 대문짝만 하게 나오는데 왜 자꾸 물어봐."

아빠는 그거 좀 물어봤다고 뭐 그리 성을 내냐고 하시지만 이런 사태가 일상이 되다 보니 나도 모르는 사이에 지쳐버렸다. 이제는 거의 포기한 상태라 아빠와 TV를 볼 때면 '그래, 아빠만의 습관화된 추임새인데 내가 어찌하랴'하고 체념하게 되었다.

하지만 더 이상 짜증을 내지 않는 대신 일일이 대응도 해주지 않게 되었다. 나로썬 그것이 최선책이었다. 그렇게 아빠는 혼잣말인지 질문인지 구분도 안가는 추임새를 계속 이어나가게 되었고, 조금은 시끄럽고 걸리적거리긴 하지만 나는 나대로 꾹 참으며 조용히 TV를 보는 습관을 들이게 되었다. 그러던 어느 날, TV에서 해주는 단편 애니메이션 한편을 보게 되었다.

첫 장면은 치매기가 있는 노쇠한 아버지가 아들에게 계속 질문을 하는 모습이다.

"얘야 저 새 이름이 뭐냐."
그러자 아들이 대답한다.
"까치예요."
아버지는 잠시 후 다시 묻는다.

"얘야 저 새 이름이 뭐냐."

"까치라고요!"

그리고 또 다시 묻는다.

"얘야 저 새 이름이 뭐라고?"

"까치라고요! 까치! 몇 번을 말해야 해요!"

이후 시간은 건장한 아들이 어린아이였던 과거로 돌아간다.

"아빠, 저 새 이름이 뭐야?"

"저 새는 까치란다."

아이가 또 다시 묻는다.

"아빠, 저 새 이름이 뭐야?"

"응, 저 새의 이름은 까치야."

그리고 잠시 후에 또 다시

"아빠 저 새 이름이 뭐야?"

"응 저건, 까치라는 새야."

　그리곤 재차 반복적으로 질문을 하는 아이와 계속해서 대답해주는 젊은 아빠의 모습으로 마무리 된다.

　우연찮게 본 애니메이션은 나의 가슴 한편을 꾸욱하고 짓누르며 파고들었다. 자식이 아무리 헤아려본들 부모의 마음을 이해할까. 매번 효도한답시고 이런 저런 겉치레뿐이었던 날들이 스쳐 지나갔다. '부끄러운 놈아, 효도를 할 생각이면 평소에 잘해야지, 일상적인 생활 속에서 그 마음이 자연스레 묻어나

야 진짜 효도지.'

　요즘은 아빠의 추임새에 장단을 맞춰 준다. "쟤는 아빠가 말하는 그 사람 아니야"라고 하면 "아, 그래? 난 왜 이렇게 헷갈리냐"며 서로 웃기도 하고, 아빠는 자신 있다는 듯이 "쟤는 누구잖아. 쟤는 내가 잘 알지"라고 하면 "오, 웬일로 맞추셨대"하며 이야기꽃을 피워나간다. 그렇게 아빠의 미소엔 생기가 감돌고, 그 모습을 보며 나도 덩달아 웃는다.

　아빠의 혼잣말이 언제부터, 그리고 왜 시작된 건지는 알 수 없다. 그래도 어느 정도는 추측해 본다. 아마도 사랑하는 아들과의 대화가 고프셔서, TV를 시청할 때만이라도 대화를 해보고자 일부러 질문 아닌 질문을 만들어내신 것은 아닐까 하고. 뭐, 나 혼자만의 착각일 수도 있겠지만.

　바쁘다는 핑계로, 세월을 핑계로, 어느 샌가부터 아빠와 함께 보내는 시간들이 줄어들고 있음을 느낍니다. 그래서 날이 갈수록 어떻게든 아빠와 함께하는 시간을 늘리려고 노력하고 있습니다. 어찌되었건 이제는 귀여워진 아빠의 혼잣말과 그 웃음을 오래오래 보고 싶습니다.

　아, 참고로 우리 아빠는 아직 정정하십니다. 혹시나 오해하실까 봐.

가벼움의 매력

한 챕터의 글을 쓸 땐 나와 같은 경우는 서론, 본론, 결론에 대한 내용을 어느 정도 생각하고 쓴다. 그런데 언제부터인가 자꾸만 '감동적인 요소'들을 글안에 심으려고 하는 나 자신을 발견했다. 자연스러운 감동을 이끌어 내기가 얼마나 힘든 일인 줄 잘 알면서 왜 계속 그러는 건지, 참.

모르긴 몰라도 서론부터 독자를 확 끌어당기게 만들고 싶은 욕심이 분명 내재되어 있을 것이고, 뭔가 멋들어지게 마무리를 짓고 싶은 허세도 곁들여 있겠지만, 결국은 어느 부분이던 간에 감동적인 내용들로 가득 채워서 독자들에게 '뜻깊은 시간'을 제공할 수 있는 글들을 쓰고 싶어서 발버둥치는 꼴이라고 볼 수 있다.

혹자는 그럴 땐 '인용'이라는 것이 꽤나 도움이 된다고 한다. 소위 명언이라 일컬어지는 말들을 인용하면 글을 한층 더 풍성하게 만들 뿐만 아니라, 글의 마무리도 깔끔해진다고 한다.

특히 나와 같이 글을 막 쓰기 시작한 사람에겐 필수일지도 모른다고 하는데, 나는 '인용'이라는 것이 영 마음에 내키지 않는다. 왠지 모르게 진부한 느낌이 들기도 하고 인용 없이 나만의 글로만 채워내고 싶은 오기 같은 것이 발동한다, 고 하면 거짓말이고 사실은 쓰기가 두려운 심정이다. 감동적인 명언을 매개체로 하여금 글을 더욱 돋보이게 만들어야 하는 능력이 부재하는 것은 물론, 인용을 해야 할 타이밍을 포착하는 것도 여간 어려운 일이 아니다. 가끔은 명언 한 줄에 내 어설픈 글 전체가 싸잡아 먹혀 버리는 느낌마저 들곤 한다(말은 이렇게 하지만 돌이켜 보니 많은 인용을 했네요).

모든 챕터의 글이 감동이나 교훈을 줄 순 없다. 또한 사람들은 각자 느끼는 것이 다르기 때문에 같은 글을 보고도 다른 감정을 가질 수 있다. 나는 이러한 사실을 위안삼아 가벼운 글들을 말 그대로 즐기면서 써나가기도 한다. 가벼운 글을 좋아하는 독자들도 분명히 존재하리라는 믿음을 갖고서. 그러면 글 쓰느라 한동안 지쳤던 몸과 마음이 어느 정도 치유된다. 하지만 결국은 먼 곳에서부터 의미 있고 감동적인 글을 써내야만 한다는 압박감이 파도처럼 밀려온다. 마지막 책장을 덮었을 때 아무것도 느낄 수 없는 책에 대한 분노의 감정은 내 자신이 가장 잘 알고 있으니까. 글쓰기란 참 만만치 않은 행위이다.

무라카미 하루키의 에세이에는 명언이나 큰 감동이 없다. 마무리 또한 대충 얼버무리는 느낌이 강한데, 이상하게 깔끔하고 매력적이다. 나는 하루키의 에세이를 읽으면서 '아, 꼭 감동이라는 코드에 구태연하게 얽매이지 않아도 되겠군' 하며 한시름을 놓게 되었다. 그리곤 언젠가 이 이야기를 내 책의 편집을 맡아주기로 한 동생에게 하자 그는 골똘히 생각한 후 대답했다.

"형, 그건 무라카미 하루키니까 가능한 거야."

말인 즉, 하루키의 에세이가 다소 가볍게 느껴질지라도 그만의 특별함이 있다는 것이다. 그동안 쌓아온 업적도 있겠지만 '고수는 준비동작만으로도 상대를 긴장시킬 수 있는 힘을 가지고 있다'는, 그런 종류의 특별함이랄까.

"그럼, 나는 불가능하겠군."
"형은 당연히 불가능하지, 는 장난이고 형은 더 잘 쓸 수 있어. 형은 내가 본 사람들 중에 가장 글을 잘 쓰는 사람이야. 그러니까 부담감 갖지 말고 편하게 써."

자, 보셨죠. 선의적인 거짓말은 이런 식으로 사용하는 겁니다.

소설들 중에서도 비교적 짧은 단편 소설들은 큰 감동을 느끼기 힘든 경우가 많다. 내가 존경해 마지않는 도스토예프스키의 우상이자 '삶이 그대를 속일지라도'라는 시로 유명한 러시아 국민 시인 '푸시킨'의 산문 소설집을 읽으면서 개인적으로 인상 깊었던 부분이 있었다. 비극과 희극이 섞인 짧은 소설들로 이루어진 이 책의 마지막은 '가짜 농군 아가씨'라는 소설이었는데, 가벼운 마음으로 시간 가는 줄 모르고 읽다가 어느새 마지막 장이라 아쉬움을 감출 수 없던 도중 나는 그만 빵 터지고 말았다.

단편 소설 같은 경우는 간단하고 깔끔하게, 솔직히 말하자면 허무하게 마무리를 짓는 경우가 많기 때문에 단편 소설을 접해 본 독자들이라면 그 특성을 어느 정도 감안을 하고 읽게 된다. 그런데 푸시킨은 그런 단편의 성격을 이해라도 해달라는 듯이 허무하게 끝나는 마무리에 하나의 문장을 덧붙였다.

'독자 여러분들은, 대단원을 쓰는 공연한 의무에서 날 해방시켜 줄 것이다.'

이 가볍고도 솔직한 문장을 보는 순간 나는 킥킥거리며 웃으면서도 '이 매력은 도대체 무엇일까'라는 생각을 했다. 아마도 이 얘기를 편집자 동생에게 해준다면 그는 또 한 번 고개를 옆으로 까딱하면서 말하겠지. '형, 그건 푸시킨이라서 가능한 거야'라고.

글 속에는 무거움과 가벼움이 지니고 있는 본연의 매력이 있다. 그 기반 위에서 위대한 작가들은 자신의 글쓰기 솜씨를 맘껏 뽐내며 호흡을 맞춰간다. 내 수준에선 아직까지 그 본연의 매력이 정확히 무엇인지 알 수도 없고, 글로 표현하는 일 또한 불가능하지만 그 매력은 분명 존재하는 느낌이랄까.

어찌됐든 오늘은 가벼움, 그 본연의 매력을 느껴보고 싶은 날이다. 이 세상의 모든 것이 매번 무거울 수도, 그렇다고 가벼울 수도 없는 것이 자연의 이치라거나, 인생 또한 음과 양의 적절한 조화가 이루어져야만 아름답다거나 하는 그런 부류의 이야기는 쓰고 싶지 않다.

오늘은 무엇을 쓰든 감동이란 압박으로부터 해방되고 싶은 기분.

글이 엉망일지언정 잘 써야만 한다는 생각은 내려놓고 되는 대로 쓰고 싶은 기분.

마무리도 어영부영하게.

에세이를 쓰기까지

책벌레는 아니었지만 띄엄띄엄 책들을 읽어왔다. 유명한 고전 소설이나 해외 작품들을 주로 읽었는데 사실을 밝히자면 절대 먹고 싶지 않은 채소를 입에 넣는 어린이처럼, 꾸역꾸역 읽었다고 할 수 있다. 자장가 삼아 편안한 잠자리에 들기 위해 읽기도 하고, 검은 것은 글자요, 흰 것은 종이요, 내 몸뚱이는 현생에 남겨두고 내 영혼은 또 다른 생을 떠돌아다니는 느낌으로 읽기도 했다. 그래도 놀라웠던 점은 '내가 책을 읽고 있다는 사실' 그 자체에 있었다.

20년 이상을 공부와 담을 쌓고 살아오다가 정말 재수 좋게도 도매수산시장이라는 혹독한 경험을 거치면서 들었던 생각이 하나 있었다. '고된 일을 하지 않으려면 역시 공부를 해야만 하는 걸까' 기가 막힌 깨달음을 얻고 난 후 2년이라는 군복무 기간을 활용하여 나름 관심 있었던 일본어를 공부했다. 초급을 막 벗어난 실력으로 혼자서 공부하자니 조금씩 독학에 한계를 느꼈다, 고 말하고 싶지만 역시나 공부는 체질이 아니었던 걸로 판명 났다. 정확히 말하자면 무언가를 끈기 있게 해본 경험이 부족했다. 결국은 무작정 공부만이 답은 아니라는 재빠르고도 비겁한 타협에 이르렀다.

그래도 앞날이 꽤나 걱정되었는지 혼자일 때면 습관처럼 미래에 대한 청사진을 그려보곤 했다. 매번 뜬구름 잡는 공상 따위로 마무리되긴 했지만. 어찌됐든 그러한 잡생각들을 펼쳐보다 끝끝내 결론을 내릴 수 있었다. '미래에 대한 거창한 계획을 세우기엔 아직 내 자신이 여러 방면으로 무지하다는 결론(지금도 그러하지만).'

단도직입적으로 이야기하자면 그냥 멍청했다. 흔히들 말하는 '머리를 폼으로 달고 다니느냐'라는 말이 딱 어울릴 정도로. 그렇다면 '똑똑해지기 위해선 어떻게 해야 할까'란 생각에 이르렀고, 당시 그 물음에 대한 나의 답은 단순하면서도 용기 있었다.

'책을 읽어보자. 책이라는 무서운 적에게 큰맘 먹고 악수를 청해보자!'

다행히도 우리 부대엔 '군인 권장도서'라는 명목으로 여러 책들을 보유하고 있었다. 그 중 내가 처음으로 집어든 책이 파울로 코엘료의 '연금술사'였다. 책에 관심이 없던 나도 그 제목만은 들어봤을 정도로 유명했던 소설이었다. 아마도 의무교육 과정에서 해방된 이후로 읽었던 첫 책이었을 것이다. 그래서였을까. 당시의 감상평을 한마디로 표현하자면 '이것은 신세계!!!'였다. 마치 내가 경험해보지 못한 또 하나의 차원의 문이 열려 그곳을 신비롭게 통과해 온 느낌이랄까.

그 이후로 내무반에 있는 책들을 닥치는 대로 읽어 나갔다. 하지만 대부분이 소설이었으며 산문집, 흔히들 말하는 에세이는 거의 없었다. 기억나는 산문집은 피천득 님의 '인연'이 유일했고, 이후에 누군가가 공지영 님의 에세이를 들여와서 흥미롭게 읽었다. 그때 처음 에세이란 것이 어떤 느낌인지 알 것만 같았다.

'특유의 분위기 있는 글로 자기 자신을 녹여 내는 느낌이구나.'

그 이후론 에세이를 그다지 읽어본 일이 없었다. 가끔씩 읽긴 해도 이렇다하게 기억에 남는 작품이 없었다. 그러다 우연히 소개받은 이석원 작가님의 '보통의 존재'를 시작으로 임경선 작가님, 장영희 작가님 등, 여러 작가님들의 책들을 읽어나가며 에세이의 매력에 푹 빠져버렸다. 그리곤 내 마음속에서 무언가 강렬하게 타오르고 있음을 느꼈다.

'에세이를 써보고 싶다. 특유의 분위기 있는 글로 내 자신을 녹여 내 보고 싶다. 그런데 내가 과연 할 수 있을까.'

사실 이 책은 내가 좋아하는 작가님들의 10분의 1만이라도 따라 가보자는 마음가짐으로 써나가는 에세이다. 장 폴 사르트르는 자신의 저서 <말>에서 '글짓기의 명수란 없는 것, 제 나라 말도 글로 쓸 때는 외국어가 되는 것'이라 하며, 작가는 모두 낙인찍힌 도형수(중노동을 하는 죄수)라고 표현했다. 헤밍웨이 역시도 글쓰기란 '타자기 앞에 앉아 피를 흘리는 것'이라며 살아생전 글쓰기에 대한 어려움을 여러 번 토했다.

물론, 나는 위대한 작가들처럼 글을 쓸 수는 없다. 나의 글과 그들의 글을 비교하는 것 자체가 그들을 욕보이는 행위이다. 하지만 적어도 그들의 노력만큼은 따라가 보고자 다짐한다. 글에 관심도 없고 글자를 읽어내는 일조차 힘에 부쳤던 사람이, 그래서 심지어 만화책도 남들에 비해 많이 읽은 편이 아니었던 사람이, 이제는 글쓰기라는 광활한 우주와도 같은 상대를 향하여 도전장을 내밀고 있다.

군 복무 시절, '책을 읽으면 똑똑해질까'라고 내 자신에게 물었던 질문에 아직까지도 확답은 할 수 없다. 하지만 그때 그 어설펐던 질문과 대답이 지금의 나를 만들어 나가고 있다. 글쓰기뿐만 아니라 어떤 분야에도 절대 쉬운 것은 없다. 하지만 나는 예전의 내가 아님은 분명하다. 계속해서 발전하고 있으며 끝내는 한권의 에세이가, 나의 도전과 노력이 빛을 볼 것이다.

고맙다, 나의 첫 책

　누구나 글을 쓰면 책을 낼 수 있는 시대가 도래했다. 주제와 분량, 그리고 어느 정도 자금만 있으면 자신의 이름이 새겨진 책을 받아 들고 기쁨에 몸부림칠 수 있는 영광을 느낄 수 있다. 이러한 실정을 모르는 주변인들은 네가 언제부터 글을 썼냐며, 어떻게 책을 출판했냐며, 신기한 눈빛으로 바라보곤 하는데 사실 전혀 대단한 일이 아니라는 것쯤은 내 첫 책을 대충 훑어만 봐도 알 수 있다. 즉, 수준 미달의 글 같지 않은 글도 책으로 나올 수 있다는 이야기다(출판업계의 질을 흐려 미안합니다).

　자비출판으로 나온 책 속의 글들은 오로지 저자의 역량이다. 모든 것을 혼자서 감당해내야 하는 자비 출판의 특성상, 그 속에 담겨질 글의 퀄리티는 보장할 수 없다. 편집자가 없는 것은 물론, 퇴고작업이란 것도 말만 들어봤지 해본 일이 없기 때문에 몇몇 지인들에게 한 번 쓱 보여주고는 맞춤법 정도만 확인하고 바로 출판하게 된다. 사정이 이렇다 보니 그 퀄리티란 상욕을 안 먹으면 다행인 수준이랄까.

나와 같이 글을 써보진 않았지만 책을 내고 싶은 사람이 있다면 전혀 걱정할 필요가 없다. 충분히 가능하니까. 아니 무조건 가능하다. 단지 끈기 있게 글을 써야만 한다는 조건이 붙는다(분량). 그것으로 끝이다. 그렇게 탄생한 책이 잘 안 팔리면(99.9%) 그냥 일생대로 살아가면 되고, 만약 책이 잘 팔리게 되면……. 거기까진 나도 모르겠다. 경험이 없으니.

처음으로 책을 출간하게 된 동기를 크게 보면 딱 두 가지였다. 과연 내가 쓴 글이 책으로 만들어질 수 있을까. 죽기 전에 내 이름이 새겨진 책을 받아들게 된다면 과연 어떤 기분일까. 우울하고 복잡한 심경을 글로 써내려가기 시작해 우여곡절 끝에 책을 한권 내게 되었고, 결국 그 피해는 나의 통장잔고와 죄 없는 지인들의 호주머니가 떠안게 되었다. 지인들에게는 지금도 미안하고 감사한 마음이다. 그런 죄스런 마음에 더욱 가치 있고 좋은 글로 그들에게 보답하리라 다짐하며 여전히 고군분투하고 있다.

"나 두 번째 책 내려고 요새 글 쓰고 있어."

"음, 그건 좋지 않은 행동인 것 같아, 친구야, 요즘 돈이 없어."

"겁먹지 마, 친구야, 저번처럼 막 10권씩 강매하지는 않을게."

처음으로 책에 대한 모든 작업을 끝내고 인쇄가 되기만을 기다렸던 한 달간의 시간들이 기억난다. 하루 빨리 집으로 배송되기를 손꼽아 기다리는 그 마음은, 아마도 뱃속의 자식을 기다리는 부모의 마음과도 같을 것이다.

나는 내 이름이 새겨진 책을 두 손으로 직접 펼쳐보는 장면을 수 없이 떠올리곤 했다. 중고생 시절 우연히 값비싼 게임 아이템을 획득했을 때나, 좋아하던 이성이 내 고백을 받아 줬을 때, 혹은 고대하던 군대 전역 날의 아침. 그런 종류의 짜릿함과 견줄 수 있지 않을까, 라는 기대를 했다. 하지만 그 무엇을 상상해도 겪어보지 않고는 모를 일. 길고긴 기다림 끝에 어느 화창한 날, 달콤한 택배 기사님의 목소리를 듣고 버선발로 뛰쳐나갔다. 그렇게 마주한 내 책과의 첫 만남은 아직도 잊을 수가 없다.

'신이시여, 이것이 정녕 내 자식이란 말입니까.'

전체적으로 밝은 브라운 색이었던 앞표지는 진한 갈색이 되어 어둡게 변해있었고, 선명했던 이미지도 흐리멍덩한 것이 내 기대와는 전혀 달랐다. 모니터로만 보던 이미지가 인쇄과정을 거치면서 한 단계 톤다운 되었고 선명도 또한 줄어든 것이다. 빛나는 하트 모양의 태양 아래 두 남녀가 기대어 앉아 있던, 화사하고 따뜻했던 이미지는 자취를 감추어버렸다. 어둑어둑한 모양새가 마치 벤치에 앉아 있는 커플이 아니라 방금 막 부활한 좀비 두 마리라고 해도 이상하지 않을 정도로(어디까지나 원본과 비교해서). 악을 쓰며 머리를 쥐 뜯었지만 엎질러진 물인데 어찌 담겠는가. 애써 마음을 가라앉혀 긍정의 힘을 발휘할 수밖에. 열매가 못생기고 탐스럽지 않다하더라도 그 또한 내 자신이자 내가 맺은 노력의 결실이니까.

한동안은 해냈다는 성취감과 만족감을 흠뻑 느끼며 지냈다. '상상만 해오던 책이 내 눈 앞에 있구나, 내가 이걸 써내다니' 믿기지가 않았다. 책을 한 장 한 장 넘겨 볼 때마다 그 동안 책을 쓰며 힘들었던 기억들이 눈 녹듯이 사라졌다. 하지만 그것도 그리 오래 가진 못하더라. 이따금 잠자리에 누워 내 책을 읽다 보면 자괴감이 밀려 들어와 허공에 이불킥을 날리곤 했다. 가스 불에 구워지는 오징어보다도 오글거리는, 독자를 전혀 고려하지 않은 오로지 나 자신만을 위한 책처럼 느껴졌다. 아, 내가 이런 책을 겁도 없이 남들에게 홍보하고 다녔다니. 지인들에게 제발 좀 읽어 주십사 애원했던 지난날들이 후회스러웠다.

어설프고 다듬어지지 않은 날것의 글이 누군가에게 읽힌다는 기분은 설렘보단 두려움이다. 이 책은 내가 온전한 정신 상태에서 쓴 글이 아니라고, 내가 쓴 글인지 의심스럽기까지 하다며 온갖 핑계를 대서라도 부정하고 싶은 마음이랄까. 그럼에도 불구하고 인간은 기대하는 동물인지라 평가 받기를 원한다. 그것도 좋은 평가만을 원한다. 한동안 기대감과 두려움의 공존, 그 상반된 감정을 품고서 지인들에게 평가를 요청했다. 모르는 사람이 썼다는 가정하에 아주 솔직한 평가를. 반응은 내 예상보다 가지각색이었다. '도저히 못 읽어 주겠다(가장 많았음)' 부터 '우울하다', '나쁘진 않다', '너무 좋았다' 등등, 그런데 그중 유난히 기억에 남는 평가가 하나 있다.

"글이 좋고 나쁘고를 떠나서, 네가 하고 싶었던 일을 한 거잖아, 그게 멋있는 것 같아."

사람들은 무언가 하고 싶은 것이 있어도 망설인다. 이유가 뭘까. 왜 하고 싶은 것이 있어도 선뜻 나서지 못하는 걸까. 보통 사람들이 그러하듯이 나 또한 내가 하고 싶은 일을 하지 못할 땐 현재의 상황이나 환경 때문에 불가능하다는 핑계를 대곤 했다. 최소한의 여건이라도 마련되어야 시작이라도 해보지, 시작은 고사하고 해보려는 시도조차 억눌러야만 하는 것이 현실이라고 치부했다.

그런데 나중에 돌이켜 보니 그건 '하고 싶은 것'이 아니고 무언가 '되고 싶은 것'이었다. 사실 '하고 싶은 것'은 그냥 하면 된다. 공부를 하고, 글을 쓰고, 노래를 부르고. 하지만 무언가 되고 싶기에 우리는 지레 겁을 먹고 주저하게 된다. 이를테면 좋은 기업에 다니는 직장인이 되거나, 베스트셀러 작가가 되거나, 멋있는 뮤지션이 되거나 하는 것들은 쉽지 않으니까. 무언가 된다는 것은 번갯불에 콩 구워 먹듯이 하루아침에 완성되지 않는다는 것, 그리고 그 분야에 대한 어느 정도의 재능과 운도 필요하다는 것쯤은 삶을 경험해본 사람이라면 누구나 다 알고 있는 사회적 통념이다.

언제부터였는지는 모르지만 무언가 되고 싶다는 마음을 포기한 지 오래 되었다. 무언가 되려 하는 마음은 내가 좋아서 시작한 모든 것들을 조금씩 갉아먹었고 마음 편히 즐길 수 없게 만들었다. '무언가가 될 수 없다면 결국엔 가치 없는 것'이라는 생각과 함께 사랑했던 모든 것들이 가치를 잃어버렸다. 그 무엇도 되지 못한 인간, 결국 나란 사람조차도 가치 없는 인간이라 여기며 매번 스스로를 한심하다 못해 경멸의 눈빛으로 내려다보곤 했다. 그렇게 스스로를 상처 입혔던 수많은 날들을 보내면서 내 자신이 안쓰럽다는 연민마저 느꼈다.

그래서 무언가 해결 방안을 강구해야만 했는데 내가 찾은 방법은 내 자신과의 대화였다. 자신에게 질문을 던져 보고 나름대로의 답변을 낸 후, 왜 그러한 결론이 도출되었는지를 생각해보는 행위. 도출된 결론이 절대적인 정답이라 믿지 않고, 다른 방향으로 다시 한 번 더 생각해보는, 일종의 생각이 생각의 꼬리를 무는 그런 종류의 대화였다. 그러던 도중 나는 하나의 신념을 가지게 되었다.

'어쩌면 우리는 무언가 되려는 순간부터 자신의 정체성을 서서히 잃어가고 있는 걸지도 모른다고. 단순히 내가 하고 싶은 것을 즐길 수 있는 사람, 남들 눈엔 보잘 것 없고 하찮은 존재로 비춰질지는 몰라도 그냥 '나'답고, '나'스러운 사람이 되고 싶다고.'

하고 싶은 것을 즐기는 사람은 아름답다. 이를테면 길거리에서 버스킹을 하는 친구들만 봐도 알 수 있다. 가수를 꿈꾸며 성공만을 바라보는 사람인지, 온전히 하고 싶은 음악을 맘껏 즐기며 자신을 만들어가는 사람인지. 하고 싶은 것을 즐기는 사람에겐 매력으로 생성된 보호막 같은 것이 주위를 감싸고 있다는 느낌이 들었다. 또한 그 매혹적인 보호막은 반짝거리는 빛을 지니고 있었다. 누구도 갖고 있지 않고, 누구와도 구별되는 자신만의 빛이랄까. 남들은 발견할 수 없을지 몰라도 스스로에게만은 의연한 자태로 눈부시게 빛나는 그런 종류의 빛.

우리 모두가 착각하는 개념이 한 가지 있다. 꿈이란 꾸기 위해 존재하는 것이지 이루기 위해 존재하는 것이 아니라는 사실이다. 물론 이룰 수 있다면 더욱 좋을지도 모르지만 꿈이란 것을 가질 수 있고, 꿈이란 것을 꿀 수 있다는 사실만으로도 우리의 꿈은 그 역할을 다한 것이다. 어쩌면 정말 소중한 가치는 꿈보다 '삶 그 자체'에 있는 건지도 모른다.

　어느 날은 TV를 보는데 '책을 읽자'라는 주제로 공익광고가 나왔다. 그 정도로 책을 읽는 사람이 많지 않고, 그 인구 또한 계속해서 감소하고 있다는 공식적인 통계를 본 적도 있다. 출판 산업은 이미 사양 산업이라는 이야기마저 나돌고 있는 상황이다. 그런데 희한한 것은 오히려 책을 쓰려는 사람은 많아졌다는 사실이다. 이건 뭐 강물은 말라가는데 피라미들은 살아보겠다고 헤엄치는 꼴이나 다름없다. 그리고 그 피라미들 중 한마리가 바로 나다.

　하지만 나는 신경 쓰지 않는다. 누군가는 '한 푼이 아까운 처지에 군이 돈 버려가면서 책을 내고 싶냐'라고 묻기도 하고, 어떤 글쓰기 카페에선 '팔리지 않는 책은 책이 아니다'라며 겁을 주기도 하지만 나는 오히려 당당하다. 왜냐, 누군가에게 인정받아야만 내 존재를 확인 가능한 것이 아니니까. 팔리지 않을지라도, 누군가는 형편없는 글들을 단순히 묶어 낸 수준이라고 욕할지라도, 한 사람에게 그것은 스스로를 희생하여 녹여 낸 귀중한 창작물이니까. 적어도 내 자신에겐 말이다.

　내 경험을 빗대어서 그렇지 비단 책뿐만이 아니다. 어떤 개념이든 스스로가 그것에 대해 존재의 당위성을 부여하고 소중히 여길 수 있는 마음가짐이 있다면, 그것을 진정으로 즐길 준비와 노력의 자세가 갖추어져 있다면, 말라가는 강물의 모든 피라미들은 행복을 느낄 수 있다고 믿는다.

하늘은 언젠가는 비를 내려주는 법이니까.

나는 여태껏 글을 쓰고 싶어서 쓴다고 생각했는데 사실은 잘 모르겠다. 변변치 못한 글 몇 줄 끄적이는 일도 때로는 고통을 수반하고, 좋아하는 작가님들의 글과 내 글을 비교하다보면 내가 무슨 괴상한 짓거리를 하고 있는 건지 도무지 이해할 수 없을 때도 많다. 그렇게 자괴감과 우울감이 내 마음을 들락날락거린다. 허나 글 쓰는 행위에 두 손, 두 발 다 들었다가도 번뜩이는 글감이 뇌리를 스치면 바로 핸드폰 메모장에 적어놓거나 기계적으로 책상 앞에 앉아 타자를 두드리는 내 모습을 보면 참으로 불가사의하다. 글쓰기를 멈춘다고 생계의 위협을 받는 것도 아니고, 당장 목에 칼이 들어오는 것도 아닌데.

내가 글을 쓰는 이유는 무언가를 창작했다는 성취, 완성도와 상관없이 나의 노력이 깃들여진 결과물에 대한 만족, 언젠가 좋은 글을, 좋은 책을 내 보이겠다는 내 자신에 대한 도전, 혹시나 책이 빵하고 터지진 않을까 하는 기대, 이외에도 여러 원인들이 복합적으로 얽혀있음이 분명하다. 어쩌면 내 자신을 표출하는 도구로써, 내 자신과의 대화를 여는 창구로써 나는 글을 쓰고 있는지도 모른다. 그렇게 글을 쓰는 행위로 내 자신을 드러내고 내 자신을 알아가는 과정을 즐기는 걸지도 모른다. 그것도 아니면 고독한 삶의 무게를 줄여보려는, 오히려 맞서 싸워보려는 시도일지도 모른다. 이처럼 나에게 있어 글쓰기란, 인생에 대한 총체적인 도전이라고 할 수 있다.

내가 쓴 글을 읽을 때면 즐겁다. 좋으면 좋은 대로, 어설프면 어설픈 대로 사랑스럽다. 단 한 사람의 관객일지라도 혼신의 연기를 펼치는 어느 무명 배우처럼 계속해서 글을 써 나가 볼 작정이다. 불타오르던 열정이 차갑게 식었던 날도 있었고 단한 글자도 써 내지 못한 답답한 시간들도 있었지만, 그럴 땐 잠시 쉬면서 숨을 고르면 조금씩 해결되었다. 앞으로 닥쳐올 수많은 위기 상황을 예상하지만 '그때는 잠시 쉬어가자'라는 마음가짐을 안고 오늘도 한 글자씩 써 내려간다.

솔직한 마음을 담아 쓰는 사람이고 싶다. 매력 있는 글을 쓰고 싶다. 그렇게 누군가의 마음을 감동시켜 다른 사람에게도 추천해 줄 수 있는 글을 창작하는 것이 나의 궁극적인 목표이다. 아마도 기나긴 도전이 될 것이다.

아직도 종종 나의 첫 번째 책을 펼쳐보곤 한다. 오글거리고 부끄럽지만 나름대로 순수한 맛이 있다. 어느 날 청소를 하다 집안 구석에서 우연히 발견한 어린 시절의 일기 같은 느낌이랄까. 이제는 좀 창피해도 괜찮다. 도전과 실패라는 아름다운 흔적을 남겼음에, 한 단계 더 나아가려는 마음가짐을 갖췄음에 만족한다. 평범하게 보이는 우리도 언제나 보다 나은 방향으로 진화할 수 있고 자신만의 특별함을 창조할 수 있다. 어쩌면 평범하기에 가능한 일이다.

　내가 하고 싶은 것, 내가 해낸 것, 그리고 아직 도전 중인 작고 소박한 모든 것들을 사랑하고 싶다. 사랑하기 위해서 오늘도 살아가고 있다.

　되돌아보니 저의 첫 번째 책에 대한 언급을 너무 많이 한 것 같네요. 특별한 의도는 없었다는 것을 알아주었으면 합니다. 다만, 혹시라도 저의 첫 번째 책을 구입하려는 분이 계신다면 저의 염력을 이용해서라도 결제하려는 그 손을 정지시키고 싶은 심정입니다. 이건 진심입니다. 소중한 돈과 시간을 다른 곳에 투자해 주세요.

　그래도 저는 저의 첫 책이 좋습니다. 긍정적인 시선으로 바라보자면 저의 첫 책에도 여러 가지 장점들은 존재하니까요.

　첫째, 한 인간의 흑역사를 구경할 수 있다(이 책이 두 번째 흑역사가 되지 않기를 빌어봅니다). 둘째, 이 정도는 나도 쓸 수 있다는 용기와 자신감을 얻을 수 있다(이것은 진짜 장점일지도). 셋째, 퀄리티 좋은 냄비받침으로 손색이 없다(참고로 예전에 겉표지에 매운탕을 쏟은 적이 있었는데 물수건으로 흔적도 없이 깔끔하게 지워냄, 방수 코팅이 되어 있나 봐요).

 어찌되었건 이런 이야기를 꺼낸 이유는, 우선 저의 첫 번째 책을 구입하지 말라는 당부의 말도 있지만, 나의 글감이 되어주고 지금의 나를 만들어 준 저의 첫 번째 책에게 한 번쯤은 진심으로 고마움을 전하고 싶었기 때문입니다.

　　　　thank you, my first book. 고맙다, 나의 첫 책.

평범한 사람이 쓴 평범한 에세이

　작가는 단순히 글을 쓰는 사람입니다. 여기저기서 두 눈으로 감상하며, 주워듣고 경험하는 일상들을 간직해 두었다가 글로 표현하는 거죠. 지금은 작가가 되기 위해 어딘가에서 입상을 하거나 등단을 해야만 했던 이전 시대와는 다릅니다. 글을 써 볼까, 하는 작은 용기와 부지런함, 키보드 자판을 두드릴 손가락과 진지하게 생각을 굴려 볼 두뇌만 있으면 누구나 다 글을 쓸 수 있고 작가가 될 수 있습니다. 우리 모두가 예비 작가라고 불릴 자격은 갖추고 있는 셈입니다.

　작가가 뭐 별건가요. 글만 쓰면 작가입니다. 단지 글을 잘 쓰는 작가와 글을 못 쓰는 작가로 나뉠 뿐입니다. 저와 같은 경우는 후자에서 전자로 넘어가기 위해 노력하는 중이라고 볼 수 있겠죠.

　평범한 사람이 쓴 평범한 에세이가 여기 있습니다. 사실 평범이라는 수준에 미달하는 에세이일지도 모르겠습니다. '이 사람 글 진짜 별로다'라는 평가를 들을 각오? 각오라고 할 것까지도 없이 당연히 그러한 평가를 예상하며 글을 씁니다. 그렇지 않으면 허구한 날 허연 백지에 깜박이는 마우스 커서만 멍하니 바라보며 한 글자도 못 쓰고 있을 테니까요.

노력이라는 배신하지 않는 동반자와 함께 부족함을 하나씩 메워가며, 그저 끝까지만 다 읽어 준다면 욕을 하건 냄비받침으로 사용하건 간에 관계없이 진심으로 감사하리라는 마음을 담아 한 문장씩 써 나갑니다. 한편으론 소중한 시간을 빼앗아 죄송한 마음도 있지만, 그만큼 더 나은 글을 써내기 위해 노력하는 자세가 글을 쓰는 사람의 도리라고 생각합니다.

이 책은 제 아무리 예쁜 포장을 한다 한들, 평범한 사람이 쓴 평범한 에세이입니다. 단 한 명이라도 '평범한 사람이 쓴 비범한 에세이였다' 라고 평가를 해준다면 기분이 좋을지도 모르지만, 시간이 지날수록 왠지 '평범'이란 단어에 마음이 끌립니다. 평범한 사람이 의외로 매력이 있다거나, 평범한 일상이 알고 보니 가장 소중했다거나 하는 것처럼, 어쩐지 '평범'이라는 단어에는 아직 발견하지 못한 반짝거리는 요소들이 꼭꼭 숨어 있는 것만 같은 느낌이 든다고나 할까요.

평범함 속에서 아름다움을 발견하고, 평범함으로 삶의 윤기를 더할 수 있는 사람이고 싶습니다. 그렇게 평범하다는 사실, 그 자체를 즐기면서 살아가는 사람이고 싶습니다.

시간을 잡아서

요즘 들어 시간이 빠르게 흐른다는 사실을 체감한다. 나름대로 화려했던 나의 20대, 그 길고 길었던 10년의 세월이 한 순간처럼 스쳐 지나가는가 하면, 앞자리가 3으로 바뀌어 우울했던 오랜 과거도 마치 어제처럼 느껴지기도 한다. '당장 내일 눈 뜨면 불혹의 나이가 되어 있진 않을까' '부모님도 언젠가는 돌아가시겠지' 그리고 결국 '나 또한 연기처럼 사라지겠지'

비현실적이라고 느꼈던 모든 것이 이제는 그리 먼 미래가 아니라는 사실을 어렴풋이 감지한다.

글을 쓰면서부터 과거를 회상하는 일이 부쩍 늘었다. 그렇게 흘러간 시간들을 하나둘씩 떠올려 보며 깨달은 점이 하나있다. 감정이 없었던 시간들은 기억해 낼 수 없다는 것, 무의미하게 흐르고 빛처럼 빠르게 잊혀 진다는 사실이다. 인간의 기억력에는 한계가 있기 때문에 모든 것을 기억할 수 없고 기억에 남아 있는 것들 또한 자연스레 소멸이라는 과정을 거치게 되는데, 나는 그중에서도 '감정이 담겨있지 않은 시간들'은 가장 먼저 소멸된다는 것을 깨달았다. 그와는 반대로 '진솔한 감정이 묻어나는 시간들'은 내가 마지막 눈을 감는 순간까지 나의 일부가 되어 주리란 신념을 지니게 되었다.

 모든 것을 추억할 수는 없고 강렬했던 기억도 옅어지기 마련이다. 그래도 만약 매순간 내 감정에 조금 더 솔직했다면, 남들의 시선에 연연하지 않고 기쁜 일이건 슬픈 일이건 모든 감정들을 충실히 느끼면서 살아왔더라면, 지금보다 더 많은 것들을 추억할 수 있진 않았을까 생각해 본다. 물론 지금까지의 삶도 충분히 만족스러운 삶이었다. 하지만 기억 속 어딘가로 사라져버린 무미건조했던 나의 일상들에 감정을 불어넣어 살아 숨 쉬게 해주었다면, 내 자신을 조금 더 자세히 되돌아 볼 수 있는 기회를 얻었을지도 모른다.
 과거란 현재의 근원이 되기도 하고 현재의 삶을 변화시킬 수 있는 불가사의한 힘 또한 갖고 있다. 그렇기 때문에 추억을 떠올리는 일이나 떠올릴 수 있는 일말의 기회를 얻는 일처럼 같잖아 보이는 행위도 나에겐 소중한 가치이다.
 나는 더욱더 많은 시간들을 추억하고 싶은 사람, 항상 내 자신과의 진중한 대화에 목이 마른 사람이다.

 예전보다 눈물이 많아졌다. 사소한 일에 감정이 북받쳐 오를 때도 있고 좋아하는 음악 한 소절, 영화 한 장면에 눈물을 질질 짜기도 한다. 다행인 것은 슬픔과 우울함으로 인해 흘리는 눈물보다 감동의 눈물이 늘었다는 것과, 이제는 조금씩 우는 행동이 내포하고 있는 의미를 알아가고 있다는 것이다. 시간이 흐를수록 내 자신의 감정에 더욱 솔직해지고 있는 요즘의 내 모습이 꽤나 만족스럽다. 타인의 시선에 굴하지 않고 매번 흥에 겨워 꼴사나운 몸을 흔들며 춤을 추는 이유도 어쩌면 이와 맥락이 닿아있다.

기쁘거나 슬프거나 감동적이거나, 어떠한 감정이든 내 안에 있는 감정을 가장 먼저, 그리고 가장 깊이 이해해줘야 하는 사람은 바로 내 자신이다.

사람이 나이가 들수록 눈물이 많아지는 것은 감정이 없는 시간들과 삶은 잊혀진다는 것을 본능적으로 깨달았기 때문일지도 모른다. 흔적 없이 소멸될 시간들을 잡아두고 추억하기 위해 매순간 눈물을 흘리고 미소 지으며 자신의 감정에 충실해지는 걸지도 모른다. 그래서 세월을 이해하는 사람이라면 더 자주 울고, 자주 웃게 되는 건지도 모른다.

혼자만의 시간도 매우 중요하지만 또 다른 누군가와 함께 할 때 시간은 더욱 빛을 발한다. 서로의 슬픔을 덜어내고 기쁨을 나눔으로 인해 발생하는 감정들은 각자의 마음속 공백을 메워준다. 서로에게 한 줄기의 행복이 되고 생생하게 살아 숨 쉬는 추억이 된다.

잊혀져갈 순간들을 하나둘씩 쌓아 올려 하나의 무대를 완성해보자. 그 위에서 잊혀져갈 사람들과 함께 춤을 추자. 웃어도 보고 울어도 보자. 나는 오늘도 하루하루를 충실히 살아보려 노력한다. 흘러가는 시간들을 잡아보려 애쓴다. 그렇게 또 하나의 추억을 만들어 간다.

추억이 밥을 먹여 주는 것도 아니고 되팔 수 있는 물건도 아니지만, 잠시나마 소소한 행복이라도 느낄 수 있다면 만족합니다. 작은 일에 행복을 느끼는 일은 생각보다 쉽지 않으니까요. 제가 선택한 감정과 제가 선택한 시간들, 그 모든 것들을 소중히 여기며 추억합니다. 그렇게 언젠가는 세월의 무상함에도 미소 지을 수 있는 날을 기대하며 살아가는 일, 그것이 삶을 향한 저만의 자세이자, 제 자신에 대한 최선입니다.

시간이 '흐른다'라기 보단 '깊어진다'고 표현하고 싶습니다. 우리네 인생이 단순히 흘러가는 것이 아닌, 자신의 내면 안으로 스며드는 것처럼.

악동 뮤지션 – 오랜 날 오랜 밤
4월 이야기 OST – April Front
4월 이야기 OST – 자전거
이소라 – 고백
마빈게이&타미테렐 - Your Precious Love
비틀즈 – Something
레메디오스 - Forever Friends
레메디오스 - He Loves You So
레메디오스 - A Winter Story
콜드플레이 – Yellow
유빈 – 숙녀
케이티 - Thinkin Bout You
아이즈원 - 비올레타
메탈리카 – Fuel
주현미 – 짝사랑
치즈 - Everything to
십센치 - 스토커
라디오헤드 – Creep

평범한 사람이 쓴 평범한 에세이

지 은 이 한관희

1판 1쇄 발행 2019년 10월 31일

저작권자 한관희

발 행 처 하움출판사
발 행 인 문현광
교정교열 홍새솔
편   집 양희철
디 자 인 조다영
주   소 전라북도 군산시 축동안3길 20, 2층(수송동)
I S B N 979-11-6440-071-3

홈페이지 http://haum.kr/
이 메 일 haum1000@naver.com

좋은 책을 만들겠습니다.
하움출판사는 독자 여러분의 의견에 항상 귀 기울이고 있습니다.

이 도서의 국립중앙도서관 출판예정도서목록(CIP)은 서지정보유통지원시스템 홈페이지(http://seoji.nl.go.kr)와
국가자료종합목록 구축시스템(http://kolis-net.nl.go.kr)에서 이용하실 수 있습니다.(CIP제어번호 : CIP2019041273)